河流记

赵丰 著

河南人民出版社

目录

河流记	001
高山仰止	031
泥土颂	059
白云	081
夏雨	097
鸟类辞典	111
夏日物象	135

目录

很远的树	159
听风吟诵	181
倾听植物的声音	199
远逝的虫子	211
旧址	231
隐居者	255

河流记

一

在地图上看黄河,形状像汉字的"几",左边那一撇,仿佛它的起源:青海巴颜喀拉山北麓各恣各雅山下的卡日曲;右边那一钩,是它的归宿入海处。我的祖籍地在河南,地处黄河的下游。第一次过黄河,是六岁那年,我跟父亲回老家。是个黑夜,我看不见河水的模样。挤在一艘木船上,我听见了它的咆哮声,牵动着我恐怖的心跳。艄公在唱,似后来听到的曲牌中的某一首,词意模糊了,韵律依然徜徉在身体里。

后来,我学会了比喻,黄河便成了我生命的源头。我的老家是一个叫大金香的村子,归温县管辖。父亲十岁那年,在兵荒马乱、灾荒不断的背景下,祖父领着全家人来到关中。

父亲向我描述着过黄河的情景:在孟津县的一个渡口,全家人被困在河滩上。渡口的名字父亲记不起了,它张开胸脯,接纳着逃难的人潮。渡河的船只很少,等待过河的人只能翘首以待,一旦过来一条船,人潮便沸腾起来,蜂拥着朝船只抵岸的地方滚流。有国民党的兵在河边把守着,他们朝天鸣枪示警,这才阻止了人潮的攒动。等了整整一天一夜,全家人才上了船,过了黄河,一路走到西安,最后在秦岭脚下的秦渡镇落了根。

在我生命的历程中,我有过十几次过黄河回老家的经历,起初是坐船,后来是坐车。坐车的感觉远没有乘船那么真实,但我还是会隔着车窗的玻璃凝视它,直到它的影子从视野里消失。

对父亲来说,黄河就是他的原乡,是他生命的根。在陕西的大半辈子,他一直都在恋着老家,恋着黄河。他的这种情绪传染给了我,让我对黄河也有了异样的感情。

除了回老家,我还去过黄河沿岸的许多地方。豫陕晋交界的风陵渡,我去太原,去北京,如果坐车,那是必经之地。关于风陵渡,金人赵子贞曾这样描述:"一水分南北,中原气自全。云山连晋壤,烟树入秦川。"可见是个好地方。车子每到那儿,我都会借着理由让车停下来。那儿风大,站在岸边让风吹着,俯视黄河的流水、河滩的草木,心里就充满不仅仅是温馨的感觉,感觉很多,一下子用文字真的不好表述,也许,无论怎样的表述都不能满足我。

还有山西芮城境内的黄河古渡,晋陕交界的壶口,济南的黄河大桥,内蒙古境内的黄河乌海段,我的足迹都到过。前些年听说作家于坚在青藏高原探索澜沧江的源头,时隔四五年,他拿出了一本沉甸甸的《众神之河》。看过书我明白了，于坚在为一条河撰写精神传记。这打动了我的心思，我的人生梦想之一，就是在有生之年徒步走完黄河，是从源头开始，一直走到它的入海处，为它写一部精神传记，记述它的前世今生。这个梦想，以我有限的人生可能无法实现了，心中总是有无尽的遗憾。

河流是原乡的标记，是一个人生命的根系。时空的转换无法隔绝一个人对故园和母语的记忆与牵系，文学的家园时常被视为作家精神之河的发祥地。河流作为一种客观存在的自然物，经过作家审美情感的观照和艺术心理的同化，提升为具有生命形态的艺术实体。作家苏童是写小说的，竟也写出了一篇好散文《河流的秘密》，文章里写到他的母亲在很脆很薄的冰层上行走，听见脚下发出危险的碎冰声。她畏缩了，可是退回去更危险，于是她祈求着河水顺利地过了河。苏童以为是天方夜谭，问母亲当时是怎么祈求的，母亲笑着说，能怎么祈求？我求河水，让我过去，让我过去，河水就让我过去了。文章是这样结尾的："河流的心灵漂浮在水中，无论你编织出什么样的网，也无法打捞河流的心灵，这是关于河流最大的秘密。"

苏童笔下的河流意象，是物象与心象的融合，携带着作家的生命信息和艺术趣味，负载着文化内涵和隐喻意旨，成为叙事与言说的支点。这让我想起荣格说过的一段话："每一个原始意象中都有着人类精神和人类命运的一块碎片，都有着在我们祖先的历史中重复了无数次的欢乐和悲哀的残余，并且总的说来始终遵循着同样的路线。它就像心理中的一道深深开凿过的河床，生命之流在这条河床中突然奔涌成一条大江，而不是像生前那样在宽阔而清浅的溪流中漫淌。"

说到原乡，我想到了美籍华人作家聂华苓。在异乡，她沿着记忆之流回溯释放着故园之思。长江、嘉陵江是她的原乡，河流的延伸和流动不拘的特性激活了她的记忆和丰富的想象力，触动了她的离乡情怀，故乡之河化为她奔波于异域的原动力，她在双重文化背景中的书写大都与河流有关。在《失去的金铃子》中，苓子沿长江逃难而来，又顺长江而去漂泊，生命成长的印痕铭刻在心底。在她看来，"江水有很多象征意义，因为江水象征流动的历史——像江水一样不停地流，不停地变换。人生也是流动的。这对历史、对人生都有象征的意义，对我自己来讲也有意义，我从长江一直流到爱荷华河，流了这么远，也有流浪的意思，浪也与水有关。"正是基于这样一种生命体验，聂华苓把江水化作与人生历史以及女性意识水乳相融的意象贯穿于作品。她运用东方人睿智的凝视与发现，创造出了河流意象，体现出"被放逐的中国人"独特的心路历程。

我在年轻时，有时惧怕和父亲待在一起，因为他总是诉说着老家的回忆，让我有点厌烦。我每出版一部书，都要先送给父亲。他戴上老花镜，抚摸着封面叹息着说：我要是会写，老家的事情能写成厚厚的一部书。

二

我不喜欢山之永恒，喜欢的是水之漂流。虽然山也是伟大的，但我的审美倾向在于水。柔弱，却有穿透的力量，无形，却有变化的魅力，老子将水人格化：上善若水。他也许是第一个悟出了水之魅力的哲人。古语又说：水滴穿石。它用的是柔功。我的家乡高冠河上游有一瀑布，瀑布下游是高冠潭。瀑布下冲时在一块巨石上冲刷出一道凹槽。

所有的河流在源头时都是不起眼的，以至于人们往往不相信这是一条河的开始。从高冠峪口进去，顺着河流，四五个小时就到了高冠河的源头鸡窝子村。房屋散乱在山坡上，白云飘荡在山峦间，石缝里渗出一滴滴水，汇聚成条条小溪。那是些不起眼的小溪，一把手掌就可以止住它的水流，心里还在想着这些小溪怎么可能是沣河的发源地呢。但河流的伟大恰恰就在于它们从不起眼的地方开始，最后汇聚成波澜壮阔的大河。我在想，河流便是大地的血管。很难想象,没有了河流,地球怎样生存?

有段时间,我因为忙于生活,会离开河流很久。那段时间就觉得大脑干巴巴的,内心里有一种流水的焦渴,就连身体的皮肤也皱巴巴的像缺失了水分一般的干枯。把生命的支点架设在河流上,这是别具一格的人生。很多时候,我的潜意识里感觉到自己就是那滚动的河水,哪里有河床,我就奔向哪里。每每看见一条河流,哪怕是细瘦的小溪,我也会抑制不住心灵的颤动,有种相见恋人的喜悦,向它倾情。只要有河流,无论我在任何地方,都不会有异乡的感觉。

别人旅游,是看城市,看风景,购物,而我纯粹是为了看河。每当我的足迹涉入一片陌生的地域时,总是期待一条河的出现,那样我就觉得自己是一个幸运的旅行者。虽然河流也是风景,但是导游不给你看河的时间,大多的导游心思在购物上,因此我对组团旅游是排斥的。我喜欢自驾游,不会开车的我只有在朋友有兴致时一同前往某一条河流。

远途的跋涉,我见到了无数条河流,同人一样,它们没有完全相同的模样。每一条河都张扬着个性,演绎着属于自己的故事。阅读一条河,是我的一次精神巡游。一个人总得有些精神生活的方式,漂泊的身影与川流不息的河水做伴,这是不错的选择。我坚信,每一条河都是上帝造的,都记载着许多关于人类的情节和细节，演绎着人类的情感故事。细想，我对河流的偏爱完全是一种孤独的自救方式。拥有了河流的情感，我对生活自然是心存感恩。

三

在南疆，我看见了塔里木河。

在我的印象里，它是一条极具神秘色彩的河。最初关注它，起因是科学家彭加木神秘失踪的事件。这就牵扯出来一条河：塔里木河。在此之前，我一直以为，大地上所有的河流都发源于高山，归宿都是大海，并且郑重其事地写进了我的文章里。是听别人说的呢，还是我的想当然呢，总之一直是个误区。塔里木河纠正了我的这个误区，它没有归入大海，而是注入了罗布泊。

彭加木是去考察罗布泊的。那是神秘的、令人恐惧的一望无际的戈壁滩，没有一棵草，一条溪，夏季气温高达70℃，没有任何飞禽敢于穿越。2007年秋天，我有了一次赴新疆的机会，于是约了一个同伴去南疆看塔河。我不是科学家，不具备考察罗布泊的资格，因此就去了塔河的上游。

一条河，总会有它感人的地方。塔里木河感动我的是与它相邻的沙漠。沙漠的广大自然是无法描述的,呈现在我眼前的是山脊、山谷、山坡。山脊巍峨壮丽,山谷神秘莫测,山坡更美,若图腾的标记。我俯卧在沙上,感受着它的心跳,以及不远处一条河的呼吸。站在河边,我的激动和兴奋在逐渐沉淀:这就是我魂牵梦绕的塔里木河吗?这就是养育了南疆八百万人口的母亲河吗?这清浅如溪水的河流真的浇灌出了漫漫驼铃的古丝绸之路吗?这娴静的河水真的孕育了创造古楼兰文明的游牧民族吗?

在我看来,一条河流与沙漠相邻为伴是一种命运的默契。沙漠是它的河岸,造就了它横冲直撞、居无定所的性格,像一匹"无缰的野马"奔腾穿行在万里荒漠上。在我的眼里,塔河渲染出一泻千里的恢宏气势,温馨、明媚、宁静、祥和,与沙漠的死亡气息形成鲜明的反差。制造这种格调的是一种树:胡杨。

"一千年不死,一千年不倒,一千年不朽",胡杨长达三千年的存在方式,在塔河流域的植物种类中独树一帜。沙漠上的行走,像是走在耕牛刚刚犁过的、被阳光暴晒的土地上。站在沙脊上远望,一片胡杨林掩映在黄绿错综的绿洲里。在蓝得纯净而庄严的天空背景下,霜染的胡杨林一片金黄,这是一种成熟生命的本色。我不愿走近它,远处的眺望更具备审美的意义。我恍惚听见了胡杨树在风中为一条河歌唱,那是人们不易感受到的禅音,悠扬的旋律里流淌着雄奇和激越,为一条河的存在而吟诵。很多时候，我们听不到却能感应到禅音。化声音为虚无，化静物为声音，这是人生的大境界。秋光下，我眼皮底下的一棵胡杨孤独地倾斜着身子，夸张的样子像是给一条河低头哈腰。沙漠上长出一棵树，这就好比热锅里蒸出了一株青苗。这是我的想象。事实上，它老了，像一个老人，腿脚支撑不住身子，只好弯下腰。一种树，守望着一条河，在我看来这是精神的写照。

一片芦苇，这是塔里木湖令我最为感动的细节。张扬和安静，是需要用心去选择的。芦苇生长在塔里木湖的水边，茎干中空，叶子翠绿，在风里歌唱，并开出美丽的芦花……这是禅音的表述。一条河、一个人、一片芦苇。宁静，一种沁入心灵的宁静，带我进入一种充满禅意的境界。好的景物，需要禅的目光、禅的听觉、禅的心境。在河边，我捡到了一只贝壳，这古老的软体动物化石记录了这条河生机勃勃的历史。这是一条孤独的河流，孤独到只有沙与风在苍天下舞蹈。风，这孤独的斗士，经历了大自然最残酷的折叠，铸就了桀骜不驯的品格。它的吼声让河畔的每一道沙脊、每一座沙梁都历经了最狂怒的迁移。我疑心自己穿越了时空进入了鸿蒙开辟的时刻，咫尺、天涯、洪荒，谁也无法真正停留在这肆虐而死寂的世界，塔克拉玛干拒绝一切诱惑，它只坚守自己的冷漠与倔强。聆听着塔里木湖的风声，我的胸襟在扩张，身上的毛细血管在膨胀，仿佛禅音，灌输进了我的身心。

面对着塔里木湖,我如一个朝圣者般的虔诚。面水静坐凝思,宛若入禅。禅,代表着身心中澄澈的情感、智慧和觉醒。禅门的教旨是:一法不生,万水千山。于是,我稳住心跳,纹丝不动地坐在河边,聆听着一条河的心声。时至中年,我已经没有了年少时的狂热与激情,学会了用一种理性的眼光审视自然,审视人生。虽然如此,我还是要为它感动,因为在它的身边,我一次次聆听到禅音。禅音,我生命的向往,被一条河占有的时候,我如何能无动于衷呢?

有专家认为,让罗布泊干涸的就是塔里木河的断流。生命与死亡在一条神秘的河流里交替交融。说到底,大地上所有的河流都存在着生命的密码。彭加木是如何消失的,成为20世纪80年代罗布泊科考之谜。关于河流的秘密还有多少,人类真的不知道。

四

四十岁那年,我忽然厌倦了所从事的工作,甚至连生活也厌倦了,被孤独抛弃在一座孤岛上。这年秋天,我一个人去南京出差,办完事独自去看秦淮河。在我的印象里,秦淮河是条关于女人的河。没有李香君、董小宛、柳如是、陈圆圆一类的女人，它不过是一条普通的河。因了那些姿色出众的女人，一条河才让男人们想入非非。

那是个雨天，细密的雨点洒落在秦淮河的水面。我走进一家茶楼，要了一壶红茶，坐在靠窗的位置。茶楼里很静，就我一个客人，我品着茶，看着断线般落在河面上的雨点，解脱孤独的心境。供茶的女子清瘦美丽，坐在我身后翻阅着当天的《扬子晚报》，不时发出低叹，不知是无奈这雨天茶客寂寥，还是为报上的某一则报道中的主人公伤感。

我回过头打量着她。也许是偶然，她也抬眼看我，细眯的眸子闪着亮光，消瘦的脸颊弥漫着诗一般的韵致。很快她埋下了头，我也回过头隔窗而望。雨点刹那间大了起来，水面密匝匝一片。我在想，那些昔日的"秦淮八艳"身材是胖还是瘦呢？遐想间，茶楼女子过来为我续茶，细长的手指在我的眼前滑过，思路被打断，我忍不住战栗了一下。她用披肩的秀发遮着眼睛，我无法看清那眸子中的亮光和神韵，却感觉到她是有意用秀发遮住眼睛，却能从秀发的缝隙里观察到我。我心跳着，真想捉住她那只小巧玲珑的手。

当我明白自己走神了时，她却轻盈地走向茶楼那头放响了音乐。我对音乐没有研究，但能听出那是一首古典乐曲，韵律低沉、哀怨如泣。我闭上双眼，沉浸在由乐曲和雨丝交织的凄清氛围中。很久很久，仿佛度过一段漫长的历史岁月。从三国东吴孙权的叱咤风云到东晋书法家王献之与妻桃叶的缠缠绵绵，从董小宛与冒辟疆的生死相恋到李香君的失望遁入空门……那些回忆有激扬，有悲凄，也有哀叹。这些交织在一起的情绪令我温馨。

　　一曲完了，我走出茶楼，想感受在秦淮河的桥上被雨淋湿的滋味。我倚在桥栏上，望着孤寂的船舫和河面上跳荡的雨点，脑子里却是茶楼女子的面影和白细的手指……让我意料不到的是，那女子撑了把绿伞也走出来，站在我身旁用伞罩住了我的头顶。此刻我的脸颊上已有了从头发上滑下的雨水。

　　远远近近的河边，没有一个人影，只有孤寂的船舫和冷落的楼阁，以及水面和楼阁接连处的绿藤，还有两个陌不相识的男女。静静的，她站在我身边，呼吸匀称而细长，我的心迷离而陶醉……大约有五六分钟，雨点停了，她离开我进了茶楼。等我回到茶楼时，那女子却不见了身影，一位胖乎乎的女孩接替了她。胖女孩坐在茶桌旁嗑着瓜子，一副若无其事的样子。又坐了一个多小时，还是不见她的身影。于是我怅然若失地结了茶费，消失在细雨之中。

　　那个雨天，永远过去了。我的孤独，也奇怪地失踪了。

五

我的思绪不可抑制地流向童年的河流。我若不描写它们,就会应了那句"忘记过去就意味着背叛"的告诫。

沣河是有历史的。我所说的历史,是有文字记载的。周文王、周武王建立的丰镐二京,就在沣河的东西两岸。历史上有八水绕长安之说,其中就有沣水的影子。1945年,祖父带着全家人逃难到陕西,先在西安待了几年,后来就定居在秦渡镇。沣水就从镇子的身旁流过。

在那儿出生不久,我就被母亲抱到了奶妈家。奶妈家在距离秦渡镇以北三华里的阿底村,也在沣河边。母亲当时在镇上的照相馆上班,那时她还年轻,刚刚过了二十岁,刚刚参加工作,那时单位不允许女职工请假奶孩子,那时妇女儿童的权益无法像现在这样受到重视和保护。奶妈比母亲大两岁,怀里还有一个孩子,是她的大儿子。一个残酷的现实是,奶妈的奶水达不到奶养两个孩子的条件。她是一个极其普通的农村妇女,要她把一碗水端平,完全平等地对待亲儿和奶儿,对她来说实在是难为她了。于是,她就只能喂饱了自己的儿子,再回过头来用奶水喂我。这样,我常常处于饥饿的状态。

在我张开小嘴啼哭时,奶妈便把蘸了水的棉球塞进我的嘴里——这是母亲反复向我叙述过的一个细节。这个细节,她也是在我即将离开奶妈家时才听到的。不知是哪个奶妈村里的长舌妇向母亲透露了这一点。为此,母亲对奶妈存有嫉恨。

我是吸着棉球的水,外加一点微不足道的奶水活下来的。这一点我完全没有记忆。我的记忆里只有沣河。

奶妈的后墙有道门,是那种低矮的木门。推开木门,就可以下到沣河。奶妈在河水里洗衣、淘菜,盘腿坐在细软的沙滩上捶布。"梆——梆——梆!"布是叠起来铺在石头上。那石头光滑,棒槌和布接触的一霎那就产生了一串串的"梆梆"声,很单调,却很响亮。河里的蛙,随着捶布声鸣叫着:"咯哇——咯哇——"

奶妈拉着我跟着河水走,教我念童谣。那句子是这样的:

沣河沣河罗罗／里头坐着哥哥／哥哥出来买菜／里头坐着妖怪／妖怪出来烧香／里头坐着姑娘／姑娘出来磕头／里头坐着孙猴／孙猴出来抡棒／里头坐着皇上……

下来的句子记不起来了,总之是没完没了。念完,奶妈把我抱进河水里前后摇晃。她是把河水当成一个摇篮,摇着我成长。这种待遇,奶哥是享受不到的,他可怜巴巴地站在河滩上看,有时就哭。他哭他的，奶妈不管。河水清澈得像面镜子，瞅瞅四周没人，奶妈就脱了衣裳洗身子。有时，我就朝河水里小便，奶妈就训斥我，让我把小便撒到河岸下的田地里。后来我想，奶妈的心里一定深藏着对河流的虔诚，宛若她的神灵之水。而我后来对河流的洁癖也正是从奶妈而来的。我相信，这个世界上有着许多有河流情结的人。

沣河是大地的伤口，记载着我的疼痛。1962年，因为父母调动了工作，我家离开秦渡镇到了庞光镇，可我依然怀念着沣河，怀念着奶妈，想着童谣，想着蛙声，总之是有着太多的念想。可是母亲对奶妈耿耿于怀，我的那些念想也就化为泡影。1977年，我的小妹患淋巴癌死了，父亲让我去认奶妈，说是多个人保佑，会让我无灾无难。

去奶妈家的路非常陌生，但凭着一个村名，还有奶父姓童的印象，我找到了奶妈的家。我推开了两扇漆皮斑驳的门，一个四十多岁的妇人惊疑地盯着我。俗话说吃谁的奶像谁，仅凭她的眼睛，我就断定她就是我的奶妈了，于是毫不迟疑地叫了声。

奶妈的手里端着簸箕，里面盛着黑豆。她一愣，簸箕落地了，黑豆在地上跳跃翻滚。她说了句：你是狗娃？在我点头的那个瞬间，奶妈哭了。在奶哥的叙述中，我知道了十几年来奶妈一直愧疚着。我走了以后奶妈就改了奶哥的名字，换成我的小名：

狗娃。她甚至幻想着再有一次给我喂奶的机会,因此就多生了两个儿子,并由此带来了贫困潦倒的现实……

奶哥是在沣河岸上向我叙述的,岸上掠过的风诉说着一段逝去的岁月。"咯哇——咯哇——"沣河里起了蛙声,比我童年时听到的苍老了许多。那叫声像在呼唤我:狗娃——狗娃——。二十年后,奶妈在愧疚和忏悔中死去。而我只去了那一次,就再也没有勇气走进奶妈的家门,这也成为我终生的遗憾和愧疚。每次看见沣河,我就向它忏悔。

六

有河流,就会有蛙声。最早的蛙声是从沣河里响起的,再后来出现在曲峪河。曲峪河很普通,无丝毫的人工痕迹,像一个山野村姑的素描画。曲峪河扭曲着身子从庞光镇的南边流过。我赤着脚丫,在拐弯处的一洼水边玩耍。水面浮着好看的花,陪衬着绿的叶子,几只蜻蜓张开翅膀,在花叶上叼食阳光的影子。忽然就起了蛙声,起初是一声,其后是相连的数声,再后来形成偌大的一片。花和叶都有节奏地颤动,遮掩了间隙的水面。蛙声让风也匆匆赶来,池塘的阳光就拼命地摇荡。

春天的时候，我见到的是蝌蚪。黑黑的身子，在水里傻乎乎地摇摆。那时，我无法把它和青蛙联系起来。外婆那年从河南老家来到庞光镇。外婆四十岁那年和外公吵架，外公一气之下离家出走了，说是住庙当和尚了。这一走就再也没了踪影。从那以后，外婆就有点不正常了。记忆里她总是穿着一身黑衣，裹着脚，在院子里晃悠。她很少说话，一旦开口便让人没头没脑。肚子饿了，她便唠唠叨叨：神仙才不吃饭呢，人不吃饭就成神仙了。街上来了收破烂的，她就自言自语：嫌我老了，把我这身子拿去卖了……

她带我去河边看水里的蝌蚪，说蝌蚪是青蛙。就这么五个字，简洁明了，我却疑惑着，蝌蚪怎么会是青蛙？青蛙的头呢，腿呢，哪儿去了？蝌蚪那傻乎乎的样子怎么可能是美丽的青蛙？可是外婆懒得解释。她如果这样说：青蛙是蝌蚪变的。一切就都明了了。

她那么瘦小，脑子里怎么就装着那么多古怪的东西？母亲也纳闷。有一次她对我说，怪了，你外公没死前她还好好的，怎么现在就成了这样子？童年的我不理解蝌蚪是青蛙的事实，外婆表达得也很模糊。我在想，如果把那个"是"换成"变"那不就明确了吗？可是外婆偏不这么表达。受外婆的影响，我小时候常生出一些怪念头。比如坐在池塘边，我在想：水里的蝌蚪整天想什么？岸边伏着的身体是我自己的吗？

正午时分，我坐在河边的树下，树荫罩着我。一只青蛙跳上了岸。那家伙碧绿的身体上布满了墨绿色的斑点，白白的大肚子像是充了气，一鼓一鼓的，圆鼓鼓的眼闪着晶莹的光。奇怪，它不怕我？我瞪大眼珠，和它进行着精神的对峙。我想捉住它回去用水养起来。突然它做了一个跳跃的姿势，水面上就起了一阵涟漪。那一瞬间，我的心就如那一圈圈的涟漪荡漾开来。那幅画面后来就在我生命的长河中挥之不去。人一生积存着诸多烦恼、孤独和沙漠般的空旷，影响着生命的进程。这时我就躺在某个幽暗的角落，任思维自然流淌。不经意间，童年那幅画面就从脑海里掠过，蜻蜓、蛙声、清风、阳光、间隙的水面，这些都在慰藉着结满伤疤的心灵。

幼年、童年，我的眼目和意识里接触的是河流的影子。帕斯卡尔这样说："智慧带我们进入童年。"我一直认为，我的童年谈不上智慧，因为它填充着贫穷和饥饿。可是后来又产生了新的想法。虽然贫穷，虽然饥饿，但因为有了黄河、沣河、曲峪河，有了与水亲密触摸的经历，我拥有了智慧。仁者乐山，智者乐水。可见智慧是与水相互关联的。

七

  最早去河流边，是去看自然的风景。及至把它视为精神的旅行时，我已经耗过了生命的大多半。这弥足珍贵的人生感悟，我却总疑心小妹从小就获得了。

  小妹长着椭圆形的脸，好动不好静，完全是男孩子的性格。她是在庞光镇出生的。那时的孩子没地方玩，五六岁的时候她就常常一个人跑去曲峪河玩。好在我家距离河边不到一华里，父母亲很容易就找到她了。不到秋天的雨季，河水是不会涨的，平时也就漫不过大腿，因此不用太担心。

  她在河里疯，周围是许多和她一样年龄的男孩子。她摸鱼，逮螃蟹、捉黄鳝、捉青蛙，一些男孩子不敢动的东西她都敢摸。很快她就上一年级了，教室拴住了她，可是毕竟还有暑假。要是不下雨，屋里没有了她的身影，那百分之九十的可能是在河里。河里的水草和浮萍、鱼和虾、青蛙和螃蟹，仿佛都衔接着她生命的链扣。

  1969年，作为下放居民，我家来到了南正村，曲峪河沿着村子东边流过。成了少女的小妹忽然间变得文静了，但还是喜欢往河边跑，洗衣裳、淘菜，那些与河水相关的活儿她都抢着去干。有时遇到什么不高兴的事情，她就跑到河边发呆。十八岁那年的夏天,她被检查出淋巴癌,先在西安第四军医大学住了几个月院,后来医生建议不要治了,回家后父亲到处找土方子,履行最后做家长的责任。

渐渐入冬了,小妹一动不动地坐在河底冰凉的石头上,瞧着浮冰下的石头、浮萍,还有水草,有时她仿佛想到了什么有趣的事情,咯咯笑了起来。她的肌肉萎缩下去,体重只剩下28公斤。那个阳光很好的中午,她哼着歌儿让我背她去河边——她已经无力行走了。那一刻,河流在我的眼前拐了个弯。河流拐弯的地方,也许就是生命拐弯的地方。小妹凝视着干涸的河床,久违了的笑容挂在脸上……

只有几分钟,她就垂下了头,双手垂落在我的腰间,身体渐渐冰凉……

童年时的黄河给我留下了恐惧,也因此导致了我初恋的失败。女友也是下放居民的子女,家在姚家河,也在曲峪河边,离南正村不到二里路。共同的遭遇让我们沟通了情感。一开始是我去找她,在河边交流着理想和苦恼。那是白天,河水静静地流淌着,我们牵着手下到河床里。淋雨的季节来了,河水开始上涨。

一天傍晚,她却主动约我出来在河岸上行走。刚住了雨,月光狰狞,河水咆哮,让我想起童年时过黄河的情景。女友拉住我的手。她的手心温热,喘息急促。我却缩回手说声冷。女友脱下棉袄披在我的肩上———一件花棉袄，花的形状恍如岸上杨树的叶子。我不知所措，推开了她的棉袄。女友愣住了，眼神在月光里黯淡下去。她的手心冰凉了，尴尬地穿上棉袄，喃喃地说了一句：你真没出息。

那个晚上，在咆哮的河水旁，我的心里有团阴影，行为有点失常。之后女友开始回避我，即使见了面，脸上也是一片冰冷。最终，她和我分手了，我不知道是否与那个夜晚有关。总之是，我不愿意解释自己那天晚上的态度，不想乞求她的谅解。

曲峪河从这个地球上消失了。1976年学大寨运动时，为了节约土地，县上发动群众将这条河掩埋了，将河水并入了另一条河。这是违反自然规律的行为，自然受到了惩罚。每到雨季，原来的曲峪河下游的土地里便聚集着无处排泄的水，成片的玉米倒在了水里。这条凝结着我情感的河流的消失，对我来说是痛心疾首的事件，然而我却束手无策。世界上的很多事情，很难依照我们的意志生存或者继续下去。

八

我要写到涝河了。小时见过涝河的样子，那时它还在县城西门外。出了城门，就是一条河，这绝对是美景。女人们出城洗衣裳，孩子们下水打扑腾，简直就是一座小城的后花园。学大寨运动时它没有遭遇曲峪河那样的悲剧，却被改了道，整体西移一公里，且不是原来蜿蜒的模样，直通通向北而去。

一条河，被人强迫改道，这就如同人类的被迁徙，会缺失根的维系和习惯的磁场。它无法抗拒命运，但它们有表现抗争的权力，它要开了脾气，你改了我千年的古道，我就断了水流气死你。也是的，在弯弯曲曲的河床里，水走一阵歇一阵，看看四周的风景。再说了，河流的自然形成，自有它的规律，叫水脉。它的流域地下水资源丰富，不像改了的河道，地下是个干窟窿，咋能存住水呢？

人定胜天。过去我们常常为这句话感动，然而我们终究逃脱不了被惩罚的命运。细想想，是先有河流呢，还是先有人类呢？答案自然是前者。既然河流在先，那它的存在就是一种天意。前些年县上开始重视生态了，在河床里修了几道拦水坝，这才使得它四季不断流水。逢到雨季时水量丰盈，水面能覆盖住七八十米宽的河床。这些年少有女人们洗衣的景象，却是伸出来无数的钓竿，沿河散开。水里虽说没有大鱼，但小鱼是少不了的。钓鱼吗，不一定就是为了吃鱼，多半是图个心情。

涝河和户县一个古代的名人有关。这个人是县城北街人，叫王九思,明"前七子"之一,官至吏部考功员外郎,有诗、散曲、杂剧传世,其《卖儿行》的深刻程度不亚于杜甫的《卖炭翁》,四十三岁时,因受宦官刘瑾一案牵连被迫还乡。返乡后,他读书写字,种菜养花。原来的西门外河上没有桥,他自费修了一座8米宽的石板桥,在桥头形成了市场。

客居在县城的河南人开了米面铺子,吸引了邻近三县(周志、兴平、长安)的客商来做生意。米面铺外还有酒坊、染坊、药材铺、铁匠铺、皮坊等。年代久了,人们就把这地方叫老桥头。天宝年间,杜甫曾来户县,留下一首《城西陂泛舟》:不有小舟能荡浆,百壶那送酒如泉?河里能行船,可见那时水之丰盛。

黄昏来临,我步出家门,经过长虹十字向西,过了老桥头一公里,就上了涝河岸。其实有更直接的大路通往涝河,可是我偏要绕一个弯,踏上石板桥。这样的感觉很适合我。解读一条河,就要从它的遗迹开始。古老的桥想不起在哪一部画面发黄的电影中见过。桥面上石板间呈现出若干处裂缝,石板上的坑洼注满了当年车水马龙的景象。木制的车轱辘不再轮回,带走了尘世的欲望和如织的脚印。

在对河流的情感表达方式上,鸟比人类更宽泛,可以在水里嬉戏,可以贴着水面滑行。一个人的时候,有非常大的自由空间,可以坐在河滩上俯视河水,尤其喜欢水鸟在水面上空起伏的情境。自从涝河里储存了水,鸟就来了。夕阳缓缓坠下,鸟儿翩翩飞过平野田畴,衔来了薄薄的雾霭罩住了水面,然后是淡淡的一弯弦月升起来,洒下清凉的光辉。

水里当然有鱼,有蝌蚪,有青蛙,有螃蟹,有黄鳝,观察它们的生活习性,也不失为一种沉默的方式。在所有的植物中,我尤其喜欢芦苇。在涝河的上下游,凡是被大坝拦住了的地方,水边都生长着成片的芦苇。秋天,灰白的芦花开始到处飘荡,翩翩若雪。握住一片芦花时,我想到了帕斯卡尔,这片片芦花是从他的白发里飘出的吗?他说:"人是一根会思想的苇草。"在我看来,这是人类最伟大的一个比喻。帕斯卡尔是一个哲人,思想中没有规范的体系和严谨的学说,是一个任思绪流淌而不做聚集和汇总的人,宛若一片自由的芦花。他毫无拘束的思想火花奔放不羁,直抵生命的最深层次。他关于生命思考的片段动感、跳跃、肆意、热情,这种从心灵流溢出的思想碎片比那些经过人为加工过的更为真实和可靠。

有了帕斯卡尔的启示,河流的景观,一直藏匿于我的内心,随着血液流淌。我在涝水里看到了月亮,而且没有一次是重复的。月亮不能两次走进同一条河流,这并非我的发现。赫拉克利特这样说:"人不能同时走进同一条河流。"他的意思是:河里的水是不断流动的,你这次踏进河,水流走了,你下次踏进河时,流来的又是新水。河水川流不息，所以你不能踏进同一条河流。

比照这样的理论，月亮也是如此。月亮躲进河流里，我就获得了宁静。这天晚上，我做梦了。梦见自己是一条河流，血液是涌动的河水，心脏是圆圆的月亮，头发是飘曳的芦苇，一只水鸟俯冲下来，我上了它的翅膀，向大海那边去了……

从年轻时起，我就有记录梦的习惯，并煞有其事地比照着解梦书思索梦的意义。解梦书上说："河流是水构成的，它表示滋养；河流可以通航，像道路，可以表示生命历程。"我一头雾水，因为解梦书无法解答我的梦。我想，河流一定隐藏着深藏不透的玄机，这才赋予了我荒诞不经的梦境。

自从吃上了"皇粮"，我就没有离开过户县。我虽然没有生在涝河边，但它却成了我精神的目的地。不出意外，我会死在它的身边。我死了，它还会在那里流淌，宛若我的安魂曲。

九

我应当有许多故乡：大金香、秦渡镇、庞光镇、南正村。似是故乡，又非故乡。

听到故乡这个词，我常常就表现出木讷的样子。我不像别人,一条根就捆绑住了命运。在这个意义上,我甚至不如一条河流,没有固定的源头;我又像那条居无定所的塔里木河,随意地改变着生活的轨道。我的生命体纠结着水的情结。童年时对黄河的恐惧成为我生命的污点,以后随着阅历的增长这恐惧渐而消亡,代之的是喜欢上了水的咆哮。比如说多次约朋友去宜川看壶口瀑布,朋友一来户县就请他们去看激流飞泻的高冠瀑布,一听说涝河涨大水了,便放下手头的事情乐颠乐颠地去了涝河。这从一个极端走向另一个极端的转变,是厌倦了日常循规蹈矩的生活的一个例证。由此,我在漫长的岁月里怀念初恋的女友。她在漆黑里约我在咆哮的曲峪河见面,证明了她比我还热爱河流。这样的缘分,被我错过了,不能不说是一个悲剧。

我不清楚赫拉克利特家乡的那条河流叫什么名字,但我清楚我去过的河流:长江、黄河、沣河、涝河、渭河、曲峪河、高冠河、秦淮河、嘉陵江、钱塘江、澜沧江、大运河、珠江、汉江、漓江、洛河、沂河、塔里木河。其中有些我只见过一次,但依然在我的生命里留下了印记。它们如一条条丝带,将我的生命捆绑。

户县和兴平、咸阳交界的那条河是渭河,属黄河的支流。渭河流域被称为中华民族人文初祖轩辕黄帝和神农炎帝的起源地。秦时的渭河旁是阿房宫,河水里注满了妃子们的胭脂。杜牧有篇

《阿房宫赋》："明星荧荧，开妆镜也；绿云扰扰，梳晓鬟也；渭流涨腻，弃脂水也……"那时的渭水是官家运输的航道，可见当时的水景。逝去的时光同时带走了渭水的盛景，虽长年不断流水，但难得行船了。近几年渭河旁建起了许多的农业生态园，两岸又修了宽阔的大道，让渭河有了景区的意味。

空闲的日子，我骑着电动车风尘仆仆奔向那儿。我不在生态园里停留，而是直奔河滩欣赏河水。在渭河的许多地方，我仔细观察过它水面上的旋涡，几乎没有相同的。我在想，如果我也能成为一条河流，旋转出形态各异的旋涡，那该是多么幸福的事情。如此想着，却又恍然大悟。河流也是有语言的，那些旋涡何尝不是它语言的表现方式啊。河流的语言，人类是听不懂的，这是它的秘密。要想听懂河流的声音，首先你要将自己蜕变成一条河流。

寻找河流的秘密，这是我心灵的命题，需要我付诸艰辛的文字。

有时，我也会在一条河里洗澡。我是河流的受洗者，仿佛一个基督徒的仪式。用河水洗涤身体上污垢的同时，也洗去灵魂里的垃圾。洁净的身体，清爽的灵魂，这是多么好的一个人体形象。

思想是什么？是身体里的河流。把河流定位为内心的风景，让河流回到内心,从此岸走到彼岸,从源头走到归宿,从历史走到未来,拒绝做一个简单的河流旅行者。这样的定位,限定了生命的匆忙和实在。

高山仰止

一

"高山仰止",出自《诗经·小雅·车辖》,后一句是"景行行止",简单的解释是:仰望高山,走着大路。宋代理学家朱熹解释说:"仰,瞻望也。景行,大道也。高山则可仰,景行则可行。"汉代经学的集大成者郑玄对这两句的注解是:"古人有高德者则慕仰之,有明行者则而行之。"后来又有人引申为:像巍峨的高山一样令人瞻仰崇敬,如康庄的大道一样令人遵照着行走。

人的想象总是丰富的,喜欢把客观的事物与人的品行联系起来,把简单的句子弄得高深莫测。其实,把一句话想得简单些也许更好。"高山仰止",就是仰望高山。如要引申,不妨这样解释:人的生命进程中,只须仰望高山,便可完成精神的历练。因为高山巍峨,是天地间最为雄奇的风景。在亿万年之前的那场伟大的造山运动中,那奔突的地火,炽烈的岩浆,如大海狂潮,挟着暴风,牵着雷霆,掀起万丈长波巨澜。在震惊环宇的呻吟声和赤红如霞的血光中，你这伟大的精灵，终于诞生了！岩浆的喷涌直溅苍穹，灼浪滚滚，烟雾腾腾，火焰烈烈，吼声隆隆。等尘埃落定，玉宇澄明，高山便横空出世，形成一段段、一座座峻拔、伟美的风景！嶙峋的崖、陡峭的壁、刚硬的胴体，挺一身浩然正气，以凛然不可侵犯的刚烈秉性，在天地之间树立起一座座丰碑。

在漫长的历史长河中，每座山的成长，都经历了阵痛：火山爆发、海啸滔天、地震嘶吼、飓风摇荡、山洪咆哮……谁也不曾经历过它历经的疼痛，谁也不可以抵达它那苦难的内心。

大地之上，是高山刚硬的胴体，嶙峋的崖、陡峭的壁。它以一颗博大之心，收藏着流水、草木和虫鸟。

它生来便注定不得安宁。地震和战争，让它历经血与火的锤炼；风雨雷电、烈日冰雪，它在极端的冷热里挺过了漫长的岁月；在佛家和道家的呢喃和香火里，它懂得了用禅语来解读世界。它大智若愚，胸藏着天地间的玄机，历练孤独与坚韧。盛衰兴亡，春秋荣枯，它的形象不变，禀性难移。

它默默坐着，与历史面对面，与万物面对面。

世间凡成大器者，无不仰慕它的稳固、它的品质。

高山不语，自是一种巍峨。是的，谁也不要想把高山夷为平地。如莎士比亚所言："当一座山推倒以后，另一座山又已经堆了起来。"

二

  高山，总是照应着人的精神，挥洒出人性的光辉。

  山东曲阜市城东南30公里处，有座山叫尼山。它之西约五华里处，有一片绿树浓荫掩映着的农舍，名鲁源村，古人称之为鲁源林。这便是圣哲孔子的诞生之地。尼山风景秀丽，五峰连峙，月光尽情挥洒其中。尼山脚下，默默地流淌着古老的泗水。它波澜不惊，却声震长河，因为孔子的临川一叹"逝者如斯夫，不舍昼夜"，使潺潺小河泛起了哲学的波光。

  那一刻，孔子静静地站在尼山的月光下，仰望着高山慨叹。

  孔子的这一刻，并不浪漫，也并不轻松，因为他肩负着塑造民族精神的重任。

  虫儿在尼山的泥土里啼叫。为了不让孔子寂寞，有时它们也合奏。那音乐声就时不时地滞碍了孔子的脚步。他盘膝坐下，捡拾起那些音乐的旋律，让他的影子在山野间晃荡——因为有风。他小心翼翼地触摸着月光下自己倾斜或扭曲的影子。

  他在思索。

他的思考张弛着一种外力，挤压得昆虫们的声带逐渐嘶哑。

其实，孔子当时想得并不遥远。他想的是这些就是所谓的人生吗？孔子没有觉得可笑。他扶正了月光下自己的影子说：这是一个民族的精神写照。那么，我该干些什么呢？

他拔下尼山的一棵草，在自己的影子上涂抹。于是，《论语》就被书写在铺满月光的尼山之上。

是时代的命运，让孔子选择了这片神山圣水。礼崩乐坏、天下大乱，在齐鲁的月光下，孔子思考的是人与社会的关系。尼山的风、溪流、石头和草木，在月光里安闲着思想的乐声。孔子牵挂着，他的母亲、妻子、儿子，隔壁夫妇的吵架，对门儿子的不孝，谁家一头猪或鸡的丢失……

尼山上一只鸟的翅膀，那样有力地扑闪着。孔子在想，那便是"仁者"的手掌，为一座山撒播下爱的种子。

作为思想家，注定是孤独者；作为政治家，必然是先行者。孔子推着思想的独轮车从尼山下来去周游列国，在大地上走了一圈。累了，他要回到故乡尼山。这是他生命的起源，也必将成为他思想的地平线。

孔子葬在了尼山脚下、泗水之上。这是他理想中的生命归宿之地。那里的月光，在他看来是天下至美的。

孔子化作了一只鸟，在尼山做着自己永恒的飞翔之梦，精神之梦。

一只鸟,携带着一位圣人的哲学之光,越过尼山之巅。

一座尼山,成为一个民族的精神写照,这还不够吗?

孔子如月光下的尼山,散播着中华民族精神之光,辉映着中华民族思想之长河。

尼山不高,海拔最高处只有340米,但在孔子的仰望下成为东方的一座精神之山。无独有偶,西方的欧洲也有一座山,平均海拔也只是3000米左右,也非大自然中最高的山,但同样在哲人尼采的仰望之下散发着精神的光辉。那便是阿尔卑斯山,金黄的层林罩着一片明净的蓝天,山脉间共振着一个思想者的脉搏。

在尼采的召唤下,三十岁的查拉图斯特拉风尘仆仆地登上了阿尔卑斯山。尼采赋予他的使命是:修炼成超人以代替将死的上帝。他在山上遇到了圣者老人、少年、乌云、彩虹、森林、空树、走绳者、挖墓者、隐居者、丑角,以及鹰与蛇。他通过与他们(它们)的心灵交流和激情碰撞,排列了植物、虫子、人类和超人的顺序,发现了精神变形的三种规律,即精神变成骆驼,骆驼变成狮子,狮子变成孩童。经过在高山上的十年探索,经历了肉体和精神的磨炼,查拉图斯特拉终于成为超越现实的精灵。

人类精神的羽翅掠过蓝天白云之后,才能到达查拉图斯特拉走过的阿尔卑斯山。那座山是尼采生命精神的制高点,是人类和自然共同拥有的精神王国，人类精神的高地。尼采如是说："凡能吸入我著作中气息的人，他就知道，这是高岗上的空气，是使人精神焕发的空气。一个人必须加以培养以适应这种空气，否则他就有受寒的危险。"

《查拉图斯特拉如是说》是尼采给予人类前所未有的最伟大的馈赠。所谓的"超人理论"和"永恒轮回"命题在这本著作中得以诠释。尽管这样的命题受到这样或那样的质疑和批评，但都不能淹没一个思想家智慧的光芒。

尼采把他的思想赤裸裸地交给人类，这就让我们满足了。对于他的命题，我的理解是：超人是面对生命的强者，是不断进行自我超越和提升生命品质的现代人。让世间所有人都成为超人显然是不现实的，但那种超人般的品质，我们是不是应该具备呢？他的"永恒轮回"，是不是可以这样解剖：世界万物生生不息，相互关联。尼采自己在《苏鲁支语录》中的注释是："万事万物皆相联，相引，相缠……"

"我将把生存的意义教给人们：那便是超人，从人类的暗云里射出的闪电。"

尼采的自信让我诚惶诚恐。因为我一直没有机会登上阿尔卑斯山，不能幸运地呼吸那个高岗上的空气。作为人类中的一员，我感到自卑。我唯一庆幸的是，我能吸入从纸页上散发出的阿尔卑斯山的空气。如尼采所言:"这儿自由眺望,精神无比昂扬。"

查拉图斯特拉是尼采的精神塑像,也是尼采精神庄园中最高的金字塔。在那尊塑像前,人类相形见绌;在那架塔下,人类见证了渺小。

三

人类最敬畏的高山,当是喜马拉雅山。它是地球上从海平面量度至峰顶最高的山峰,巍峨宏大、气势磅礴,犹如一堵巨大的屏障,横亘于亚洲南部。它的最高峰是珠穆朗玛峰,呈巨型金字塔状,威武雄壮昂首天外,地形极端险峻,气象瞬息万变。在它周围二十公里的范围内,群峰林立,山峦叠嶂。大自然的秘密,它不知云集了多少。美丽神奇的冰塔林、数十米高的冰陡崖、步步陷阱的明暗冰裂隙、险象环生的冰崩雪崩区……犹如仙境广寒宫。

为了探索它的秘密,从18世纪开始,便陆续有探险家、登山队不惧死亡的危险攀登它,但直到20世纪50年代以后,才有人从南坡登上峰顶。就人类的极限来说,珠峰的北坡是"不可攀登的路线""死亡的路线"。1960年5月25日北京时间4时20分,中国登山队的四名队员完成了人类历史上第一次从北坡登上海拔8848米的珠穆朗玛峰的壮举。在此之前，一支外国登山队曾七次尝试从北坡登上珠穆朗玛峰，均以失败告终。

攀登珠穆朗玛峰需要的不仅是体力，更重要的是意志和精神。这绝不属于命运的选择，而是人类征服大自然的情怀和心志。我敬仰那些"珠峰"攀登者，他们是人类探索大自然的使者，怀揣解密自然的使命，将生死置之度外。然而我没有缘分接近他们，倾听那些生死攸关的故事。

诗人海涅如是言："要是你登上险峻的高山，你将要发出深长的叹声。"在我看来，这"险峻的高山"指的便是珠穆朗玛峰。是的，没有比攀登它更为深长的叹息之声了。今生今世，我不可能登上珠峰了，连仰望都是奢想，于是只有将叹息之声留给那些与喜马拉雅山无法比较的高山了。

只要是巍峨的高山，虽比不得喜马拉雅山，依然有无数的奥秘。

如是，攀登它们，生命亦有价值。

和人聊天，一进入旅游的话题，有人会眉飞色舞地说他游过了多少城市，而我会不动声色地说我爬过了多少座山。这一"游"，一"爬"，就有了本质的区别。爬山，敬仰山，并进入精神的境界，成为我生命里的坚持和守望。

我爬得最多的一条山，是秦岭。这是距离我最近的一座山，它不止是一座山峰，而是一条山脉，由千千万万个山峰构成，真正抵达到南朝刘义庆《世说新语·言语》中所说的："千岩竞秀，万壑争流。"这是一派大气象，一座大气场。它所呈现的，是那种坚硬之美，那种阳刚之美。它巍峨险峻，岩崖的怪异，树木的苍翠，峡谷的幽深，溪流的湍急，容纳着大自然的鬼斧神工。傲立于天地之间，它留给世人的，永远是简洁清奇的神姿，生动飞扬的灵气。我只要一进去，肯定会被它征服——不仅是肢体上的，还有心灵和精神上的。

山与山相连，岭与岭沟通，构成了这座横贯中国腹地，被誉为"中国龙脉"的秦岭。自西到东，它排列着崦嵫山、天台山、太白山、华山、终南山、武当山、崤山……不仅从地质地貌上汇成了绵绵秦岭山脉的主体骨架，而且从精神层面上蕴含、开拓、衍生了历史和文化意义上的秦岭。从地理意义上说，秦岭是中国南方和北方气候的分水岭，蕴藏着独特的自然资源和文化风俗。

高山出思想。老子，这位中国历史上最伟大的哲学家与思想家、道家学派的创始人正是在秦岭北麓的终南山著下《道德经》，并在楼观台设下讲经台。当年他出关的时候，正是从终南山的函谷关弃绝人世、不知所踪的。有了老子，终南山就当之无愧地被誉为中国道教的发育地,成为道教文化传播世界的摇篮和根据地。

高山出隐士。秦末汉初的"四皓"(苏州太湖甪里先生周术、河南商丘东园公唐秉、湖北通城绮里季吴实、浙江宁波夏黄公崔广)皆秦博士,可谓满腹经纶,只因秦始皇焚书坑儒,无奈来到终南商山。一入山,顿见千山苍苍,泉石青幽,听不到刀枪鏖鼓的惊鸣,看不见残暴无道的杀戮,见不到争宠斗势的恶棍,觉不到尔虞我诈的阴险,也没有卖官卖爵的小人,可谓人间福地,于是"岩居穴处""紫芝疗饥",用琅琅的读书声将商山打造成一位文化学者。再往下,就是汉初的张良了。功成身退,安身何处?他选中了终南山南麓的紫柏山,"辟谷"于此,得以善终。隋唐五代之后,药王孙思邈,仙家钟离权、吕洞宾、刘海蟾及全真道创始人王重阳等非凡之人潜身于此,或采药制丹,或撒播仙气,或修道传经。唐时,终南山更是诗人的舞台,李白、杜甫、王维、岑参、白居易、孟郊、孟浩然等人用行行诗句将它的山峰、沟壑、石缝、树枝、草木装扮成诗的纹路。

当年,白居易在周至县当县尉时,是以隐士自居,多次举竿在秦岭北麓的黑河里钓鱼。他的钓法别出心裁,并非平心静气纹丝不动,而是拿着钓竿沿着溪流边走边钓。那时水面上石桥极多,都是跨了水的,十步一小桥,百步一大桥,桥桥有景。每遇一桥,他会稍作停留,赋诗一首。一日,他和朋友陈鸿、王质夫等人从一座一座的桥上过去,山的景色越走越深,白居易就大发感慨,说这山是仙,这水是仙,这桥也是仙。天会老,地会老,人也会老,唯有这山这水这桥是不老的。走着走着,就到了仙游寺。他长叹一声,说李隆基和杨贵妃遇难时不知朝南山里走,偏要往北去。要是他们进了南山,过了这些桥,自然会得到水的佑护。说完,他思绪长流,蘸着河水写出了《长恨歌》。

是的,《长恨歌》是用黑河水写出来的,所以才能如此优美缠绵,曲折婉转。它是黑河水的精灵,被镌刻在仙游寺。

读《史记》,偶遇这么一句:"秦岭天下之大阻也。"因为高,所以难以逾越,因此有九州之险之称。自古以来,秦岭就是著名的修道圣地,吸引了众多隐士来此隐身修道,成为隐士的天堂。

我一直以为,大凡隐士者绝非常人。常人向往宫殿、城阙、金银、美女,而隐士崇尚着精神的修炼。他们仰望高山,胸怀云彩,虽生活艰苦至极,但精神无比丰富,也才有了不同凡响的人生。

家庭、工作、心境相对固定以后,我常常和朋友登上秦岭梁。每次进山,我都知道,它注定与人的精神和命运有着某种缘分。

我常去的地方叫牛背梁,属于陕西柞水县营盘镇朱家湾村的地盘,最高处的海拔3000米左右。那儿有茂密的原始森林,迷人的潭、溪、瀑布,独特的峡谷风光,罕见的石林景观,以及秦岭冷杉、杜鹃林带、高山草甸、第四纪冰川遗迹所构成的特有景观。那儿竖立着一块界碑：秦岭。手摸摸这边，有点凉；摸摸那边，有点热。其实也明白，那纯粹是心理的作用。

常登秦岭，就会发现在它高耸的山体间，总会隐藏着玄妙。2005年初夏，我去了作家贾平凹的故乡丹凤。早上起来爬山，一位文友指着县城后面一座孤零零崛起、泛着铁青色的山峰说：你看它像不像一个"商"字？文友们仰头仔细瞅着，一会儿就有一位书法朋友看出了眉目："那不就是大篆里的商字吗！"后来查阅《丹凤县志》，方知商山之所以叫商山，是因为"形似商字"。

厚重宽广的秦岭，潜藏着多少不为人知的奥秘。常常，我就仰望着它的一座山体，生出许多不着边际的幻想。

作为秦岭痴情的追随者，我走进秦岭，少说也有上千次了。从小，它就没有离开过我的视野。秦渡镇、庞光镇、南正村，以及现在的县城。只要不是阴雨的日子，没有建筑物的遮拦，抬头远眺，就会看见它。我看它，它也看我。可是潜意识里，总觉得它像一个深沉的哲人注视着我的成长，关注着我的生活。这样，渐渐地，我就和它达成了默契。身子闲下来时，我会贴近它。这种贴近，不仅是身子的相偎，更是心灵的共鸣。这一辈子，我注定是离不开它了。这是命运的约定。终日沉浸在繁杂的事务中，穿梭于繁华的闹市上，我有一种窒息感，一次次怀着惶恐，从这座北方的小城里逃出来，一次次迫不及待地投入峡谷纵横、群山如浪的秦岭之中，孤自茫然地在山谷里穿行，听鸟鸣蝉叫，看草木溪水，或静静地坐在山坳间，看拔地而起的山顶云起云落。

仰望秦岭，成为我人生必不可少的课程。缺少了这样的课程，我的人生会是一片苍白。为了做好这个课程，拥有更多的闲暇攀登秦岭，我甚至辞去了行政职务，讨了个文联主席的闲职。秦岭浩瀚无比，穷尽一生也难以穿透。我有着如此的念想：六十岁之后，在秦岭的深处做一个真正的隐士。如梭罗一样，在一处空旷处建造一处茅屋，墙是木板，屋顶是茅草，屋前有条小溪，小溪旁有片竹林。用树枝、竹子在屋旁围起一道篱笆，里面种着菜，养着蛐蛐和蚂蚱，招来蜜蜂和蝴蝶。读书、写作、习字作画，累了种菜拔草，听虫鸟歌唱，观蜂蝶舞蹈。如果有了更深的念想，便戴顶草帽，穿双布鞋，着一身布衣，与山雀对话，和溪水歌唱，同山崖沉默，伴山风舞蹈。再之后，静下心来，如姜太公一般选择一处河流，举着钓竿垂钓。我的钓技极差，不过这更好，让钓竿平躺在身旁的石头上，平身望天、望云、望山。

陶潜、梭罗般的人生方式，是我灵魂深处久久渴望的。

鱼儿在水里疑惑着说："你是谁？我咬你的钓钩，你怎么无动于衷？"

如果体力足够，我会去攀登更远的山。年近六旬，我已经爬过了数十座山：秦岭、太行、衡山、泰山、蒙山、庐山、黄山、天山、峨眉山、武当山、五台山、井冈山、张家界、神农架、普陀山、麦积山、大围山、观音山、招虎山、大明山、飞霞山……每去一座山，我都要捡一块有品相的石头回来，摆在书架的高处，写作累了的时刻，我抬头仰望它们，仿佛看见了一座座高山的影子，印证着我攀登它们时的一个个细节。往往这时，会有灵感出现。

秦岭之外，我去过次数最多的山，是太行。千峰耸立，巍然耸立，五岳见之而俯伏，昆仑比之而无色。这便是太行山的本色，这便是一个大丈夫的气概。

太行八陉，为太行山做着阳刚的注解。山岭逶迤之间，忽然闪出一条横谷，巨涧中流，奇险天开。舍去军事上的意义，它更像北方大汉雄伟的肋骨。军都陉、薄阳陉、飞狐陉、井陉、滏口陉、白陉、太行陉、帜关陉，是古代晋冀豫三省穿越延袤千里、百岭互连的八条咽喉通道。每一处都是军事家青睐的关隘，每一处都曾演绎出经典的历史故事。

巍巍太行，峥嵘岁月。从春秋战国延伸到明清，两千多年来，可以列出一长串的名字来证明曾经飘逝在太行山的战争烟云。齐桓公、刘邦、汉安帝、曹操、袁绍、李世民、窦建德、刘福通……这些人哪一个不是胸怀韬略、大智大勇的英雄豪杰？一座山，将他们的名字镌刻于山壁之间。一条山脉，是一部英雄的史诗，一面面山壁，便是豪杰的纪念碑。

德国诗人海涅在他的《新诗集》里有句名言："你要抵达那巍峨的山顶，你会听到老鹰的叫声。"在太行山王莽峡的峰顶，我曾注目过一只鹰。它站在一块悬崖壁上，宛若太行之守护神。我望着它，它望着我，宛若心灵的对接。忽然，它凌空飞起，绕着山崖飞旋，忽高忽低，忽而扶摇直上。它张开翅膀在飞，在蓝天下做着自由美丽的翔舞，宛若高山之精灵。处处山崖，仿佛它生命的化身。

我敬仰苍鹰，它总是在高处飞翔、伫立，领悟至高的境界。海涅在《论法国画家》里又如此说："一个展翅高飞的天才，他要飞得安全保险才能令我们感到愉快；我们只有越对他的翅膀的力量有信心，才能分享他高飞的喜悦，只有这样，我们的心灵才会跟随他直上艺术的九霄，达到无比纯净的太阳的高度。"

悬崖上的鹰，我们必须以仰望的方式，才能见到它隐约的风姿。它在悬崖顶的伫立，是在思想，是在眺望。它没有叫声，也没有飞翔的雄姿。但是它的伫立却令我震撼。我以为，鹰是有思想的，否则它的伫立就无从解释。

哪种鸟儿能在悬崖上眺望，只有鹰。鹰与高山做伴，共同构成壮美雄奇的风景。

在浙江临安境内的天目山，我还看到了一只鹰。天目山叠峰绵延，青苍峻拔，耸入苍穹，将天际的光芒倏然承接而下，犹如苍茫天宇的一双慧眼。这正应了山名：天目，天的眼睛。既是天眼，它就俯视的不仅是山风群峰，古树巨石，苍鹰云雾，自然还有人生的大境界。大千世界，在它眼里不过一缕烟云，一股清风，一脉禅意。在它的东峰顶，我看见了一只伫立于悬崖峭壁上的鹰。风击打着崖壁，它却一动不动，挺立于秋风的悬崖上，倾听着草木的颤动和岩石的呻吟，守望着上天的家园。

只是伫立，静静地，苍穹间弥漫着禅意的静穆。这是天目山那只鹰赋予我的感受。我在想，它是在谛听天目山的禅声吗？如此安静，让心灵徜徉在禅的旋律里。

我崇敬鹰的理由，在于它生存于高山之间，一生充当高山的知音。

伯牙鼓琴，志在高山。这般的情怀，鹰竟然拥有。对于鹰，高山便是神性的召唤。

四

说到高山,不能不提到泰山。在国人的心目中,泰山铸成五岳独尊的形象,成为中华民族团结统一的象征。

"凭崖览八极,目尽长空闲。"这是李太白在泰山上的仰天长叹。站在泰山之巅,他的视野里是:"黄河从西来,窈窕入远山。凭崖览八极,目尽长空闲。"在此,他无须仰望,只是俯视,完成了精神的超越:"精神四飞扬,如出天地间。"

李白一生都在穿越一座座高山,穷尽生命精华来仰望高山,他对高山的仰望真正抵达到了精神的飞跃。

杜甫是否登过泰山众说纷纭,如果未登过,何来"会当凌绝顶,一览众山小"之感叹。在我的意念里,杜甫应当去过泰山。一见泰山,他便生出敬仰之情。那种兴奋在别人看来以为夸张,却是他真实的情感再现。"造化钟神秀,阴阳割昏晓。"泰山之秀美无比,仿佛大自然将一切神奇秀丽都聚集在此。"阴阳割昏晓",突出了泰山的高耸挺拔,高得把山之南北分成光明与昏暗的两个天地。一个"钟"字,生动有力;一个"割"字,形象贴切,给参天矗立的山姿赋予了生命力。泰山因其气势之磅礴为五岳之首,杜甫是何等胸揽天下之人,可是面对泰山,他也只能"望"而兴叹了。

子曰:"仁者乐山,智者乐水。"这个"仁",在我看来隐喻着帝王。山之崇高、伟大、宁静,应当是帝王之胸襟。作为帝王,仰慕它的雄姿,它的稳固,自然是对江山社稷的向往。"不登高山,不知天之大。"荀子,这个战国时期的思想家很早就为后世的帝王们做出了谆谆教导。

泰山,究竟有着怎样的神秘现象,令天下至尊的皇帝为之称臣?这不能不想到中国古代的神话传说。据说盘古死后,头部化为泰山。古代传统文化认为,东方为万物交替、初春发生之地,故泰山有"五岳之长""五岳独尊"的称誉。

依据道教五行学说,泰山神统管天下九州人类之生死,官员职位之升降,四海伟业恒泰安康,因之具备着帝王之相。由此,中国历代帝王皆崇拜泰山,以为"泰山安,四海皆安"。再昏庸、无能的皇帝,也不希望他所治理的天下大乱。如果说秦岭是文人之山,那么泰山就是皇帝之山,是历代皇帝登基的必拜之山,仰望之山。

秦始皇大约是中国历史上第一个登泰山行封禅仪式的帝王。按照古人的解释,皇帝乃天帝之子,是奉天命来统治臣民百姓的,天和地是古代价值观念中的高贵象征,因此,在改朝换代之后,或者某帝王似为治功显赫时,都应举行封禅,以告太平于天地,告成功于天地,答谢天地之恩泽。所谓封,即祭天;所谓禅，即祈地。其实，夏、商、周三代，就有七十二位君主登泰山致辞祭天，但封禅却是始于秦始皇。在何处封禅？秦始皇首先想到的是泰山。公元前219年，他从河南进入山东巨野，由西而东，至今邹县邹峄山，在邹峄山上刻石纪功，随后由南而北，到达泰山。泰山封禅之后，他在泰山留下了两件物：秦刻石和五大夫松。

自秦始皇后，大凡自以为文治武功使天下太平，百姓地丰物阜，并有祥瑞现世，皇帝都会率文武大臣到泰山玉皇顶封禅。像汉武帝，自元封元年（公元前110年）起，十次率群臣来泰山，六次封禅。初见泰山，他便挥臂大呼曰："高矣！极矣！大矣！特矣！壮矣！赫矣！骇矣！惑矣！"

1008年，泰山送走了最后一个举行封禅的皇帝宋真宗之后，封禅的喧嚣像山边的流云一样，瞬间消失了。泰山沉思了二百多年以后，把中国多民族统一再次推上高峰的元世祖忽必烈，加封泰山神为天齐大生仁圣帝。他是最后一个为泰山神封号的中国皇帝。

明清时期，祭天的场所虽然搬到了京都天子的脚下，但是皇帝以及百姓登岱朝山的举动却有增无减，泰山由祭天的神山，逐渐变成了祈求国泰民安的圣山。1684年10月，经过二十四年安边陲重生产，使大清江山统一稳定的康熙皇帝到泰山祭祀。康熙登上泰山后，仿效古时候的舜帝，在泰山极顶，点起了象征统一的柴望之火。

十年前的一个春夏之交的日子,我在泰山的天街上徘徊踱步。我明明知道,这不过是一座山的一处平地。就这样简单。但风吹之后,我还是身子哆嗦了一下。这是天风,不同于我生命历程里的任何一种风。此刻,我不能不面对着一座山起了一种神圣之心。我不是皇帝,面对着一座神圣的山,我无法改变自己的渺小。曾经以为,自己是个仁者,但活来活去,总也成不了大器。我知道,这是命。

五

对山东临沂境内的蒙山,我的仰慕之心由来已久。蒙山,为泰山山脉的一个分支,形成于太古代。绵亘于平邑、蒙阴、费县、沂南等县境内,长百余公里,总面积1125平方公里。主峰龟蒙顶形似一只巨龟伏卧于云端天际,海拔1156米,素称"岱宗之亚",为山东省第二高峰。古人形容它"其广数百里,其高八千寻。左青右兖,襟淄带渑,向淮之阳,背济之阴,首饮东坑之麓,尾入长河之津。其峰七十有二,其洞三十有六,内绝涯际,外峙嶙峋,控中华而跨江表,履海岳而戴星辰……涑岫悬崖,殊态奇致，层峰叠峦，参差胶戾"。蒙山伟哉！险哉！奇哉！

与秦岭一样，蒙山也是文人之山。早在春秋时期，蒙山就名噪海内，著称华夏。《书经·禹贡》有"淮沂其乂，蒙羽其艺"的记载，说明在夏禹时，蒙山就已得到治理经营。《诗经·鲁颂·闷宫》的作者奚斯在夸赞鲁国的国威时说："泰山岩岩，鲁邦所詹。奄有龟蒙，遂荒大东。"他把拥有泰山和龟蒙，当作鲁国的荣耀。《论语·季氏》中孔子曰："夫颛臾，昔者先王以为东蒙主。"对上述典籍记载，古今许多文化名人、注疏家都有注解。《十三经注疏·宋邢昺疏》："昔者先王始封颛臾为附庸之，君使主祭蒙山。蒙山在东，故曰东蒙。"宋朱熹《四书集注》："东山，盖鲁城东之高山"。此注虽然有些含混，但尚能说明其方位是在鲁城之东，而不是在鲁城之南，而鲁城东之高山，唯蒙山称最，余之不及。

身为一座文化名山，蒙山曾吸引许多封建帝王对其讴歌礼拜，并借以宣扬神威圣德。西周初期，周成王褒封太昊后裔风姓当颛臾王，令其主祀东蒙。迄今颛臾故城和主祭坛遗址犹存。清初文治武功盛极一时的两代帝王圣祖玄烨和高宗弘历，在南巡中都忘情于这座雄峙海表的名山。玄烨曾三次驻跸蒙阴古城，弘历则七次驻跸蒙山之麓的桃墟、兴龙庄、万松山行宫、荆埠营和注经台行宫。他们登高览胜，踌躇满志，为其统治的"王土"之内有这座名山而感到自豪，留下咏怀蒙山的御诗多达32首。历代文人雅士登临蒙山者，更是数不清，除至圣先师孔子外，尚有老莱子、蔡邕、郑玄、李白、杜甫、萧颖士、丹丘、苏轼等。他们或览胜，或隐居，或流寓，留下上百首诗词歌赋。

相传，孔子登东山是沿泗水、卞桥、仲村一线，从东蒙古道攀缘其巅的。孟子曰："孔子登东山（蒙山）而小鲁，登泰山而小天下。"孔子登其绝顶，遥望四方，琅琊在其东，徂徕居其西，大岘处其北，抱犊于其南，鲁国故土尽收眼底，便油然生出"登东山而小鲁"的意境。

在孔子"登东山而小鲁"之后，李白与杜甫曾有二十多天同游蒙山的经历，留下了"醉眠秋共被，携手日同行"的千古诗句。李白被兰陵镇的美酒佳肴而吸引，乐不思蜀，以至醉卧兰陵，"不知何处是他乡"，醉出一段极致。

苏轼，这位旷世才子，游蒙山后惊呼："不惊渤海桑田变，来看云蒙漏泽春"。康熙皇帝冬游蒙山时，欣然挥毫："马蹄踏碎琼瑶路，隔断蒙山顶上峰"。还有乾隆皇帝，于南巡途中专程来到蒙山，按捺不住胸中的激情，写下了"山灵盖不违尧命，示我诗情在玉峰"的诗句。

这些大写的历史人物，造就了大写的蒙山。

十年前的一个盛夏，我坐在一辆绕着蒙山的盘山公路缓缓前行的中巴车上。在摇晃着的车内，沿途的花草树木并不是静止的状态。但我知道，在蒙山这个禅意浓郁的高山上，它们是静心的，正如《阿弥陀经》所云："树木花草，悉皆念佛。"

一面巨大的裸岩石上，雕刻着老寿星的造型。老寿星采用明朝末年定型的形象，突出头部造型，大脑门，白须飘逸长过腰际，一手拄杖，一手托仙桃。和岩石一样的寿命，该有何等漫长呢？无须言语，只需仰望，甘当一座山的守望者。

仰望一座山，需要漫长的精神修养。

有些山景，是需要遥望的，如井冈山的主峰五指峰。绵亘数十公里，气势磅礴，巍峨峻险，至今杳无人迹。自然和人类的融合，很多时候是不可想象的。那五座山峰，并列如人的五根手指。眯着眼，我宛若看见了它的指甲，它的关节，以及关节处那些深深的褶纹。它那样数万年的伸展开，是向人类的招手相迎，还是挥手道别？站在观景台上，远望其巍峨的雄姿，是那个下午我的一个姿势。再如我曾走进的太行大峡谷，五指峡、龙泉峡、王莽峡、紫团洞、云盖寺、水妖洞、真泽宫……绿浪滔天的林海，刀削斧劈的悬崖，千姿百态的山石，如练似银的瀑布……有"超然云雾中，不与群山伍"的照壁峰，有生生世世一语不发的树木，有背阳处潮湿阴柔的苔藓。超然出众，这是道家的境界。那是冬天的一个日子，空谷传响，林鸟交鸣。我聆听着风的呻吟，欣赏着花的绽放，踩着雪的足迹，沐浴着月的柔情，鸟的声声啼叫，将我的丝丝恋情，定格在一草一木之间。

有些山景，是需要瞻仰的。在山东境内招虎山的云顶竹海，我见到了苏公竹、板桥竹。一株普通的竹子，也会吸引我瞻仰的目光，这完全是睹竹思人的情怀。苏东坡当是出名的文人雅士，当年任登州太守时来过这儿。他一看见蓬生的竹海，犹身于故乡，便结草庐于竹海中，留下"任上一月，竹海千年"之美誉。郑板桥在潍县任县令时，不惧千里到此画竹。他的"千枝万竿挡不住，随手择来都是竹"也许是为招虎山写下的。苏东坡、郑板桥这些旷世的才子身上具有禅的风骨，这才为招虎山留下了无数游客瞻仰的目光。再如武当山老君岩石窟正中的太上老君，超然平静，凝神谛听，心若磐石。我模仿着老君的样子闭目打坐，心灵顿时空明。此刻，人的境界则物我两忘，入圣脱俗。

南岩万寿宫外的绝崖旁，是一处悬空的雕龙石梁，传说是玄武大帝的御骑。凌空的龙头顶端，有一香炉，被称为"龙头香"。烧龙头香，对众多游客来说，是心灵里渴盼许久的一个仪式。我知道，他们怀揣希望。希望是精神生活的阳光，它照亮你，温暖你，并悟出活着的勇气，完成自我心灵的救赎。恍惚间，佛祖拈花一笑，是释然，是看透，是舍得，是放开。飞升崖，被誉为武当山的第一仙境。它一峰突起，三面绝壁。沿着山脊上的小径直达峰巅，登顶眺望，胜景尽收眼底。既为仙境，必有仙人的典故。相传，真武大帝曾在此修炼，面壁数十年，静如古井，坐如盘松，甚至连鸟儿在他头上筑巢都纹丝不动。

崖上的山风，搅乱了几位女士的长发。若是仙女，她们飞升的姿态该有何等优美？

爱欲海，我慢山。这是《华严经》里的句子。登山，则情满于山。因此，我双腿迟疑，侧耳倾听，慢慢品味它的绝妙，它的禅意。

山顶的风，仿佛从远古驶来，与我相守着一个契约。万事万物，皆无定数。侧耳聆听，松涛的怒吼，犹如万马奔腾。山泉汩汩，瀑布奔泻，小溪如诉，宛如维也纳交响曲，雄浑、悲壮。

风云是动态的，河流是动态的，鸟和动物飘离迁徙，甚或灭绝，人是一茬茬地来了，又一茬茬地去了，而高山千万年、数亿年岿然不动，上古的猿人在敬仰它，神仙在敬仰它，现代的人在敬仰它，后世的人依然会敬仰它。

高山仰止，无须引申它的含义，词面的意味足够了。仰望高山，让身心空灵，让精神上升，无疑便是一个品德高尚的人。

高山仰止，这话说得好极了。除了高山，我还有什么需要仰望呢？蓝天、白云我可以眺望，但无须仰望。仰望是一种精神渴望，是一种心理崇拜。

对一座座山，我向来怀有敬畏之心。每每仰望着一座山峰，我会滋生出由衷的敬意。攀登的过程中，我注目于山的瑰玮、峻拔和奇崛。仰望它，储存它的静谧。它幽远的神韵，常常让我如饮汨汨清泉，荡尽身上的俗气。

大地上的高山，当然还有许多许多，都在满怀渴望，翘首等待我去攀爬。

"高山仰止，景行行止。"年过六十，恍然悟出这两句的绝妙之处：高山上，本无大道。不过，只要你对高山上保持着仰望的姿态，那么人生的康庄大道自然会在心中，会在眼前。

高山是大地的坐标，是我的精神地理。我渴望，大地上的每一座山，都成为我生命的坐标。

在有限的生命尾声里，我是爬不完天下的高山了。但是，只要生命存在，我的第一选择还是爬山，攀登崎岖的山道，谛听它的谶语，仰望它的高大，崇拜它的精神。也许，会有一只鹰，在等候着与我的对话。

我虽是个庸人，但总是想成大器。内心明白，要成大器，必须仰望高山。但登过了无数的高山，却总也成不了大器。我知道，这是命。偶尔，我会生出放弃攀登高山的念头，但那种念头往往是一晃而过。心里坚守着一个信念，即使成不了大器，我也绝不会放弃对高山的攀登。仰望着高山，一步一步坚实地攀登，我的精神就不会空虚，生命就不会苍白。

　　我多么想，死亡的那一刻，我会化身为一只鸟，飞翔于巍峨的高山。

泥土颂

一

山就是山,原就是原,一目了然。

秦岭北麓接近平原的地方是缓坡,碾儿庄就站立在这个地方。它的地形有点奇特,三面环山,一面向原,宛若母亲怀抱里的婴儿。

碾儿庄是泥土做的,虽说它靠近秦岭,坡上少不了石头,但它更多的成分还是泥土,老屋的墙壁是土做的,檐头的砖,房顶的瓦,都是土做的,就连屋顶的蒿草,也是从瓦缝里的土里长出来的,街道是泥土的,树木的根扎在泥土里。是啊,碾儿庄的一切都在泥土之上。

庄子说:"今夫百昌皆生于土而反于土。"《圣经》上说:"耶和华神用地上的尘土造人,将生气吹在他鼻孔里,他就成了有灵的活人。"《淮南子》里也说:"天地初开,女娲抟黄土为人,剧务,力不暇供,乃引绳横泥中,举以为人。"古人是从亡者一律归于泥土这一事实,推断出人类必是来自泥土。

就说碾儿庄的人吧,也何尝不是泥土变的,但碾儿庄人不知道庄子,也很少读《淮南子》和《圣经》。他们只知道自己一辈子都要和泥土打交道,土里找水,土里刨食,最后回归于泥土中。

他们喜欢泥土,因为他们明白吃的穿的用的都离不开泥土。

先说吃。要活下去自然离不开水。早些年没有井,村子的人是在蚰蜒河里挑水吃。蚰蜒河出山后曲里拐弯的,绕着村子流过。农闲的日子,村里人去深山里挖草药,发现蚰蜒河的水源是从山坡上的泥土里、石缝里渗出来的,丝丝缕缕,最后形成河。村子人吃的主食是小麦、苞谷、谷子。这些是从山坡上的土地里长出来的。给土里撒了种子,过些天就会长出苗来,泥土不会亏待人。

主食还有一种:洋芋,也叫马铃薯,碾儿庄人喜欢叫它土豆。土豆性喜冷凉,大多种在山坡的阴处。土豆做主食的简单做法是切成块放进面锅里煮,还有一种吃法是糁粑,将土豆洗净煮熟,然后剥皮,在石槽里用捣蒜锤捣成黏稠性很强的糊状物——糁粑,熬一锅酸菜汤,在汤内放入蒜泥、葱花等调料,把糁粑放入汤内煮熟。

主食外还有蔬菜。碾儿庄家家户户都有菜地,在院子或者房前屋后挖块地,种萝卜、韭菜、蒜苗、豇豆、黄瓜。不过,村里人更多的是在山坡上挖野菜吃。野菜的名堂多着咧，马齿苋、荠荠菜、婆婆丁、苦苣菜、龙头菜、明叶菜、乌刺菜、野萝卜、猪肠子、灰灰菜……还有一种俗名羊奶奶的植物，叶子不能吃，根是黑黄色的，长圆状，剥开皮，里边的肉鲜白，流着白汁，我们孩子们玩够了，就拿个小铲子挖它的根吃。

坡上的泥土里长着槐树、杏树、核桃、柿子树。春天的槐花可以生吃，也可以和面和在一起蒸麦饭，杏夏天就熟了，桃和柿子是秋天大人们的盛宴。孩子们喜欢吃低矮的酸枣树上球状的酸枣果，因为酸中带甜，很对孩子们的胃口。

还有一种可以与吃联系的东西，就是烟叶。吃烟，是村里男人的事情。城里人说的吸烟或者抽烟，村子人不说"吸"，也不说"抽"。在他们的意识里，"吸"是初学者的吃法，吸进去吐出来，上不了瘾。"抽"烟是要进咽喉的，经过胃排泄掉。而"吃"烟是要进五脏六腑的，像吃饭进肚，是身体里不可缺少的。男人们干活累了，吃烟解乏气；饭吃饱了，吃烟助消化；瞌睡来了，吃烟提精神……忙了吃，闲了也吃，几个汉子歇凉晒暖在一起吃烟，年轻人用纸卷，老年人用烟锅，冒起的烟像个烟囱。他们把商店卖的香烟叫纸烟，他们不吃纸烟，嫌太贵，也不过瘾。旱烟叶是种在华岗那面坡上的。旱烟耐旱，华岗是阳坡，土质疏松，适宜种旱烟。

这世上所有吃的东西都离不开泥土啊，碾儿庄人于是感叹着。

再说穿。人的生计除了吃，就是穿。坡下的地里种着棉花。收获了棉花，女人们开始纺线织布，做成衣裳、被子、帽子、鞋，还有袜子。如果不是冬天，碾儿庄人喜欢穿草鞋。草鞋有着泥土的味道，穿在脚上透气，不生脚气。做草鞋用的是稻草。蚰蜒河在坡下一个叫草围子的地方拐了一个大弯，形成了一片水面，村子人就在那儿的泥水里种水稻。面积不大，就二十来亩，可是水稻收割后的稻草足够做草鞋了。

农人离不开农具，锨、锄、镰、耙的把儿是木棍，斗啊升啊用的是木板，筛子、簸箕、背篓用的是藤条，这些都是泥土里长出来的东西。坡下那个叫华岗的地方开着一口土窑，早先是村上的，后来让麻老五承包了。窑里烧制水缸、罐罐，还有碗碗盘盘。华岗的土质应当是碾儿庄最好的泥土，烧制出来的器具清亮、结实。碾儿庄人把凳子不叫凳子，叫马扎，两根木棍交叉做成支架，上面绷着藤条。马扎的好处是轻巧，携带方便。村子人到坡上砍四根木棍，割几把藤条回来就做成一个马扎。村里人的脸盆不用到商店里买，挖下一块大树根，用斧头劈成一个凹槽，用刀削得光滑，一个脸盆就做成了。也有人家用小树根做碗做盘的，用一根木头做枕头的。泥土里长出来的东西只要动脑筋，就可以做成人使用的东西。这是碾儿庄人的智慧。

命运之手，穿越泥土，创造着碾儿庄人的生活。他们明白，泥土是他们的生命之源。没有了泥土，就没有了他们的一切。

二

从牛头山下来一条泥土路，旁边就是小张坡，我家的地就在这面坡上。这是坡上最好的一块地，只要播下种子，不管有墒没墒，隔几天就会从泥土里蹦出苗苗来。蹦，这个词父亲用得恰当极了。他当然不懂这是拟人的修辞手法，一边吐出这个词，一边肩膀一耸一耸的。

父亲年轻时有当兵的愿望，但被爷爷扼杀了。爷爷说你这辈子就别想离开碾儿庄，你走远了我不放心。父亲是个孝子，从此就断绝了一切念想，把双脚捆绑在这片土地上，日出而作，日落而息。他的脚步每天从田埂上踩过，留下一串串坚实的脚印。

我家有三块地，分别在小张坡、华岗和牛脖子那三面坡上。这些名字都很怪，除了牛脖子还有点象形外，其他两个至今我也没弄明白。父亲也从不解释，轮番去这三块地里耕作。父亲歪斜着身子绕过田埂，留下一串串歪歪扭扭的脚印。有时，我跟着父亲去地里干活，也不自觉学他走路的样子，父亲回过头满意地笑着说：这就对了，脚印要印在泥土里，麦子、苞谷才都会从脚印处长出来。他又叹息一声说：人活着为了啥？不就是为了吃饱肚子。

他说得斩钉截铁，丝毫不容我反驳。

冬天里父亲也不闲。他把茅坑里的土粪起出来，用背篓背到坡上的地里，这是对泥土的滋补。泥土劳累了一年，到了该歇息的时候，就如女人产后要吃红皮鸡蛋喝红糖水。把土粪撒到泥土上，父亲弯下腰捡拾泥土里的小石子、瓦块、砖头，扔到沟壑里。他是怕这些骨头硌着睡眠的泥土，怕来年开春撞坏了犁耙，怕麦苗出土时不顺当。父亲心里最清楚，土地糊弄不得，土地和人是兄弟，对土地好也是对自己好。

从地里回来时，父亲的身上总会带着一些泥土，母亲想用手抠，父亲一歪头避开了母亲的手，说道：泥土不脏。吃饭时如果不小心米粒和碎馍掉到地上，父亲拾起用嘴吹一下，或者用衣襟擦一下，毫不含糊地就塞进嘴里。那速度之快，生怕别人会阻拦他。

泥土不脏。小时候，这句话并没有走进我的心里，许多年后，当我一次次走进碾儿庄的土地，忽然想起父亲的这句话，才领悟了它的深刻含义。这是哲学家一般的句子，却被只读过三年私塾的父亲说出来。这句话，足够我铭记一辈子。后来，我还看见了诗人雅姆说过的一句话:"如果脸上有泥的人从对面走来,要脱帽致敬先让他们过去。"

仿佛,雅姆是说给父亲听的。

父亲常常在草围子那片稻田里干活,种稻、打药、除草、收获。我家在那儿只有不到三分地,但父亲用的工夫最多。稻子收获后可以吃米饭,还可以酿黄酒。父亲喜欢喝黄酒,就把心思用在稻田里。在岸上,他脱了鞋子,卷高裤管,光着脚走进泥水里。父亲只要一下去,和泥土至少有半天的交道,有时甚至是一整天。稻田的泥土是黝黑的,和父亲一样的肤色,泥巴粘在他的腿上,丝毫看不出来。

稻地离村子有五六里路,中午母亲或者我便送饭到草围子,吃过饭,碗筷就会落下泥巴。我很喜欢看父亲在稻田里犁地,黄牛在前边拉着犁,父亲一手扶犁,一脚一脚地踩进泥土,然后慢慢拔起。犁在父亲的操纵下翻搅着田里的土,泥巴随着犁齿跳到父亲的身上,极像一对知音在谈论着乐曲的高妙。傍晚,父亲上到岸上,把脚放在水里稍稍晃荡一下,便穿上鞋,带着满身泥巴回家。

在家里,我很少凝视父亲的背影,因为那个背影总是佝偻着,没有一点精神。但是只要一到了田地里,他的腰杆就挺起来了。常常,我看到父亲在田埂上扛着锄头走,干活前先要坐下来，抓起一块土坷垃，掌心对在一起搓，搓散了胳膊一扬，把土撒进田里才开始起身干活。很长的时光里，我都在思索父亲这个动作的含义，直到现在也没有弄明白。

世上很多事，是不需要明白的。

父亲的手，粗糙得跟泥土一样，是被泥土传染的，手背上的青筋如蚯蚓，手心的老茧若树皮。我童年的时候，父亲常常会用他的手掌抚摸我的脸蛋，我却常常躲避。到我上中学以后，父亲就不再有那样的动作了，可是我却渴望他用那粗糙的手掌抚摸我。后来我意识到，虽然粗糙，但父亲的手掌是热的，是泥土的温度，带着如夏天泥土一般的温暖，像庄稼的汁液传到我的血管。

这几年，我在县城里有了大房子，好多次让父母亲来长住，父亲却总是摇头。我家的阳台上养着几盆花，总是不到一年，花盆里就要更换主人。我自责不会伺候花草，父亲有一次来了，说你这土不行。过了段时间，他用塑料袋装了牛脖子那面坡上的土，亲手给花盆里换了土。牛脖子那面坡上的泥土掺杂着细沙，不知含有什么成分，草长得特别旺势，牛和羊一到那面坡就欢喜得叫唤。也怪了，自从花盆换了牛脖子的土，那些过段时间就发蔫、发黄的花叶绿生生地伸展着，绽放着生命力的旺盛。我这才服了碾儿庄的泥土。

父亲以后再来，看着盆里的花草，很得意地说："咋样，我说对了吧。碾儿庄的泥土不但养庄稼养人，也养花草呢。我才不住你这楼房呢，一天见不到泥土，我心里就憋得慌。没有泥土，哪来的脉气啊。城里的房子不接地气，人住在里面气血不通。没有地气的滋养，人走路轻飘飘的，还会得怪病。人要住在乡下，乡下有鸡鸣狗叫，有泥土的味道，滋润人呢……"

三

　　春天是从泥土中来到碾儿庄的。气候渐暖，清晨或者傍晚，坡上的泥土就会冒出热气，像是从睡眠中醒来，打着长长的哈欠。这时候最忙碌的是燕子了。我家的屋檐下有燕子的窝。春天一到，燕子飞来飞去，去坡上衔来泥土做窝。燕子知道坡上的泥土有黏性，做出的窝结实。

　　泥土是春天的母亲，春天是泥土的孩子。这样的比喻丝毫不过分。只要有一点泥土，就会有绿芽长出来，这就是泥土的伟大。谁有再大的本事，也没法让石头上长出一棵树。当然，也有从石缝里伸出来的草，或者树，那是因为石缝里有泥土。

　　开春了，花开了，人人都在欣赏花的好看，可很少有人想到这是泥土的功劳。花草是懂得感恩的，在它枯竭之后，要把尸体留给泥土做了肥料。

早上醒来,我喜欢到山坡上跑步。跑累了蹲下身子,顺手捡起一个小棍在泥土里刨,刨着刨着,就刨出了蚯蚓,红红的,嫩嫩的蠕动着。泥土里最辛勤的耕耘者最早苏醒了,那么冷的冬天还没冻死它啊,真是福大命大造化大啊。

童年时,我刚学会走路,祖母就牵着我在院子、渠岸的泥土里寻找蚯蚓。发现了一条蚯蚓,她便欢叫一声,用一根树枝将一条条蚯蚓蜷曲着的身子拨直。蚯蚓展开了身子。那一刹那,我仿佛感觉到蚯蚓的呻吟,于是也陶醉在蚯蚓的呻吟之中。

这是春天里的回忆了。过罢农历二月二,吃过炒豆,一场雨刚过,奶奶就从炕上爬起来,去泥土里寻找蚯蚓。我对春天的感觉不是树上的嫩芽,不是温暖的春风,也不是苏醒了的蛇,而是蚯蚓。蚯蚓是从泥土里爬出来的,宛若春天的使者。

喜欢蚯蚓的还有母亲。和大多数乡下女人一样,母亲也是那种嫁鸡随鸡的人,对祖母是百般的孝顺。生下我坐月子的时候,她不忌冷水,手指得了风寒不太灵便。有一年惊蛰后,她在菜园松土的时候,不小心把泥土里蚯蚓的身子弄断了,她像做了错事似的喃喃自语:"这咋办啊,咋办啊。"她把断了身子的两截蚯蚓放在手心里,想用温度让蚯蚓的身子接起来。她闭上眼睛,说出了令我吃惊的话:"我该死呀我。"

多年之后，我回忆着那个细节，似乎得到了一个启示：喜欢泥土的人，也就会喜欢蚯蚓。蚯蚓的身子和泥土完全一样的颜色，仿佛泥土的孩子。

农谚说的"春雨贵如油"是说给麦苗听的。冬日里，麦苗俯卧在碾儿庄的泥土上，而在"雨水"的节气里，一场雨就可以让麦苗起身。我观察过，"惊蛰"一过，泥土里的虫子才会爬出来，而在"雨水"的节气里，麦苗就起身了，散发出芳香的味道。

碾儿庄正对着的那座山叫牛头山。碾儿庄人有句民谣：牛头山，紧挨天。山上出猛虎，山下出状元。三面的山聚拢了碾儿庄的风水，养庄稼，养牛羊，养人，可是数来数去，村子的历史上也没有出过一个七品以上的官，清朝初年村子的宋家倒是出过一个举人，叫宋英奎。那时是通过乡试中举的，可他在第一次参加吏部会试时，就病死在了赴考的路上，官没有做过不说，连命也搭上了。

碾儿庄没出过名人，但也少有弱智者。别的沿山村子的人要么长着大脖子，当地人叫"银瓜瓜"；要么走路腿一歪一扭，一根指头还塞进嘴里；要么见人就傻傻地笑，不会说话。碾儿庄这些年出了十几个大学生，有的后来还读了研究生，专家说这是水质的问题。碾儿庄的人却认为是泥土的功劳：人是土捏出来的，土质好，所以人才精灵。

泥土的芬芳搅乱了空气中的寒流，一抬头，院子一簇簇四个瓣儿的山桃花，在一个清晨纷纷绽开。我便知道，春天来到了碾儿庄。

我来到田野，双足站在小张坡的泥土上，须臾间，泥土便通过我的脚掌向我播放着芬芳，灌注着清气。我忽发奇想：只要在泥土里久久凝神伫立，当会有一种旺盛的生命力促我成长。那是地气，顺着翠绿的苇丛潜聚到我的脚下，通过经络慢慢地升腾到我的胸间、发际，遍布全身。

这是心灵的回归，像一位至今查不到名字的俄国诗人所咏赞的："心灵完成了一个伟大的循环，看，我又回到童年的梦幻。"

四

我常常这样想象我的出生：在碾儿庄山坡的震痛中，一团泥土拨开草丛、庄稼和石块，缓缓拱出地面，在拱起的过程中长出头发、眼睛、鼻子、嘴巴、耳朵和四肢。阳光流水般汩汩地注入我的躯体，成为鲜红的血液。

碾儿庄的村口有一道老墙，七八米长，像是碾儿庄收藏泥土的匣子。老人们回忆说，村子是有过城墙的，他们小时见过。只不过村庄三面环山，这城墙就只有北面一道，还有城门。这应该是碾儿庄人为的、年代最久的泥土了。

常常，我站在那道老墙前，想着我怎样才能走出生下我的这片泥土，成为一个城里人。有时我坐在老墙聆听秋虫的叫声，想着我会永远是碾儿庄的一片泥土、一只虫子么。想着想着，就起了秋风，贴着老墙发疯，老墙上就被风撕下一片片泥土。这泥土太古老了，表层裂开了层层皱褶。这是泥土的老脸，经不起风的蹂躏，被岁月打得皲裂。燕子和麻雀喜欢在老墙上做窝，它们知道老墙的泥土坚实。可是再坚实的泥土，也经不起风化。每当它们的窝露出原形的时候，它们不舍得搬家，而是继续向老墙的深处筑窝。也许，它们也具备着强烈的怀旧意识。坚守着这古老的泥土，是它们灵魂里苦苦的执着。

在碾儿庄，老墙是泥土最恒久的坚持者了。但它并没有给我在碾儿庄坚持下去的信念。那个夏天，那棵距离老墙四五米远的老槐被雷电劈裂，我便匆匆逃离了碾儿庄，到地区的一所师范学校读书。记得我去考试那天，父亲正在牛脖子那块地里光着脚给秋苗浇水，我去参加考试，必须经过那儿。

看见我，父亲满腿泥巴从地里出来，看了我好一会儿才说，那么多人呢，你能考上？我明白他的心思，既想让我出人头地，又怕我长了翅膀，离开碾儿庄这片泥土。

我小时和祖父睡一个炕。祖父在碾儿庄待了一辈子,去过最远的地方是西安,因此他的梦几乎都和泥土有关。早上醒来,他就对我叙述他的梦。记忆最深的是这样一个梦:他在泥土里拾银圆,那么多的银圆躺在泥土上,他的手里捧不下了,就脱了裤子,用腰带扎了裤脚装……祖母提着瓦罐来了,村子更多的人挎着竹篮,背着背篓来了……祖父低头一看,自己竟然光着屁股,惊慌中泥土裂开一条缝……梦到这儿就中断了,祖父说他这会儿醒了,连声叹息自己没有钻进那条裂开的缝。那时候我还小,不懂得揣摩这个梦的象征意义。现在想来,梦是人的潜意识,按照弗洛伊德的说法,"梦是清醒生活的继续。"依照这样的观点,在祖父的意识里,泥土就是银圆。

碾儿庄是泥土做的,泥土是碾儿庄的灵魂。碾儿庄人都懂得这样的道理:一切都是泥土给的,泥土是上苍送给碾儿庄最好的礼物。泥土喂养着碾儿庄的人,碾儿庄的人离不开泥土。泥土与庄稼,泥土与人,都是上天安排好了的,谁也离不开谁。一团泥土,就是一部百读不厌的书,多少辈子的人都读过了,子子孙孙要继续接着读下去。

碾儿庄是一抔苍老的泥土,一茬茬人都是生于斯,长于斯,老于斯的古树。他们手执蒲扇,挥去浮世的云烟,静抚鸡犬牛羊温润的呼吸,以一种世俗无法扰攘的淡然守望着生命,回味泥土上的人生。他们一个个在泥土里摸爬打滚,直到连泥土也摸不动的时候,这个生命就该被泥土抚摸了。

总是有人要背叛泥土,碾儿庄也不例外。老人们看着无数年轻人长大后,像鸟儿飞走了,变成一缕远去的风,成为一株在异乡游走的植物。老人们知道,再好的泥土也留不住心野的后生,因此惋惜归惋惜,还得让开路让他们飞走。当我离开村庄去寻梦时,我和那些人一样忘了我是村庄的一只鸟,有一半的翅膀落在了村庄的泥土上,而只用另一半飞翔。

渐渐的,村子就只剩下村庄和老人,在恬然的黄昏,用心听那晚风与炊烟,庄稼与土地轻轻地私语。

泥土会抚平所有的创伤和记忆,把所有的生命都收藏在它的名义之下,给每个人提供安宁的灵柩。祖父和祖母早就下世了,葬在小张坡那面泥土里。坟墓旁的泥土里,长出了小树和茅草,又在运行着生命的轮回。

这几年,秦岭北麓开发形成了气候,沿山公路环线从碾儿庄脚下穿过,不少西安和外地的客商看中了这块风水宝地,动员碾儿庄的人搬到另外平原一处地方,条件非常优惠,仿照城里的别墅给他们盖新房,新村还有河流、草坪、幼儿园、健身广场等等。但村子人听了只是摇头,说祖先住过的地方,一定是风水宝地,哪能说搬就搬的。一辈子住在啥地方,是命中注定的。乡上的干部、县里的干部来劝说都没用。他们守着一个非常简单的观念，你们看中这地方的泥土，我们一样是人，难道能拱手让给你们城里人？别说了，说再多也没用，再好的房子我们也不想住，那地方有如此好的泥土吗？有纯净的河水吗？有土蚂蚱的叫声吗？再说了，我们的老先人都在这块泥土里埋着呢，我们不能丢下他们不管，更不能把他们的坟迁到别的地方去。

碾儿庄人的执拗劲儿，让谁也没办法，无奈，开发商只好惋惜放弃。

五

泥土，铺展在碾儿庄的山坡上。

碾儿庄的泥土是肥沃的，踩上一脚就会"滋滋"地往外流油。这是父亲的说法。

当春风从山头下来，泥土便睁开蒙眬的睡眼，充满着柔情蜜意，慢慢地舒展腰肢，以天生的母性亲和力和生命活力，为碾儿庄人奉献出粮食和生活的必需品。只要它不衰老——泥土永远不会衰老，它就会源源不断地为碾儿庄人做着奉献。

拥有了这样好的泥土，碾儿庄便有了好风水。不过，村子人不叫风水,叫脉气。他们并不在乎村子是不是出过什么官,而是比谁家的土地多打粮食,谁家的老人活得时间长。在他们的意识里,做官是身外之物,长命百岁才是福。相邻村子二华里不到的巩家坡明清两朝都出过官,一个是五品,一个是六品。两个村子的人聚到一起时,巩家坡就以此炫耀他们的脉气好,而碾儿庄的人却拿出不屑一顾的神气,说你们村有几个人活到了一百岁?我们村的一个老婆婆活了一百零九岁,现在还精神着呢,不信你们来瞧瞧。不止一个,活过百岁的老人也有十几个呢。

这时巩家坡的人就说了,活那么长有啥用,还不是糟蹋粮食呢。碾儿庄的人不跟巩家坡的人较真。他们的心态好,不生气。他们笑笑,岔开话题,又说到天气,说到庄稼,说到收成。在他们看来,庄稼和收成比啥都重要。

风水一词,古人是这样解释的:风是元气和场能,水是流动和变化。风水本为相地之术,即临场校察地理的方法,也叫地相、古称堪舆术。说到底,风水是和泥土有关的。比如说碾儿庄山坡上的泥土就比其他地方的黄,有时在阳光下看,还真是金黄的一片。碾儿庄人老多少辈就没听说谁家为粮食发过愁。六七十年代时,到处闹饥荒,饿死人,出门乞讨。可是碾儿庄就不一样了,不但没饿死人,一个出门乞讨的也没有。说来也怪了,都是呼吸着秦岭北麓的空气,都是种一样的庄稼,碾儿庄的泥土里打下的粮食就比别的村子多。我就明白了,碾儿庄的地里比其他地方多打粮食,一定是与这儿的土壤有关。

碾儿庄的人相信风水,婚丧之事一定要请风水先生。这不用愁,自己村就有一个曹半仙。这曹半仙早年是个木匠,出苦力的,五十岁那年却迷上了风水,专给死人定穴位。碾儿庄的坟头不像平原人那样连成片的,而是山坡上这儿一个,那儿一个。曹半仙抽上一袋烟,把烟锅给腰带上一别,领着死者的家属满山转,转够了就眯着眼,手一指说:就这儿了。在他看来,这儿到处都是好泥土,埋在哪儿都是天堂。

他也给人看盖房子的风水。地基定在那儿,面南还是面北,寝室在哪儿,灶房在哪儿,甚至猪舍、羊圈、鸡窝在哪儿都有讲究。这就很费时。他留着一把长胡子,脸上的毛发也从来不刮,弄得真跟神仙似的。他领着自己养的一条菜狗,背着手,绕着村子的山坡转圈,末了才用一根棍子在泥土上画一个圈,也不言语,主人就知道地基定在这儿了。那菜狗模样不好看,却很懂事。主人在泥土上画圈,它就绕着圈嗅着泥土边跑边叫。曹半仙接下来画图,确定房子、院子的结构。画完了,主人就该掏钱了。他的收费开始是十元。那是四十年前的事了,那时还是生产队,一个劳动日也就几毛钱。现在他的收费是一百元。村里人说一百元不多,活人总比死人重要,把活人安顿好比啥都强。

也别说，凡是经他确定的房基，家里一般都不会出什么怪事，家里人也不会得什么麻烦病。村里人都说他神，要他把绰号改过来，叫曹大仙。他摇头拒绝了，嘿嘿笑着说："我就是个半仙。人要成了仙，那就不是人了。"外村人盖房子，也常有来请他的。我有时想，要说曹半仙看风水有什么科学根据，我是不信的。要说他是在瞎碰吧，但这么多年没有出过岔子。这里边也许有些玄妙的东西。我说不清。有些事往往很怪，科学解释不了的，却在现实中存在着。

华岗那面坡现在不种旱烟了，换成了葡萄和西瓜。坡上有道斜梁，东边种着西瓜，西边种着葡萄。旱烟只供自己吃，葡萄和西瓜可以卖，换来不菲的经济效益。葡萄的品种是华岗三号，紫中带黑，吃起来冰甜爽口，一斤可以卖到八元。华岗三号的葡萄还可以做冰葡萄酒，上了西安星级宾馆的餐桌。西瓜的品种是华岗五号，个头不大，但是皮薄，瓤是黄的，吃起来沙甜，城里人常常在西瓜开园的时候开车来买。他们品尝了葡萄和西瓜后，免不了在华岗的坡上转一圈，看看这儿的泥土跟其他地方有什么区别。泥土这东西，肉眼是看不出什么名堂的。无奈，城里人只好迷惘着离去。

一晃我就过了五十岁，父母亲也八十好几了，可是依然精神，还是碾儿庄的泥土养人。知天命的年龄里，我忽然思念起碾儿庄那片土地。身在闹市高楼，目光为霓虹灯眩惑，身心被埃尘和噪声污染，生命在远离泥土的自我异化中逐渐萎缩，于是就渴望有一座带院子的房子，把碾儿庄的泥土，最好是牛脖子那面坡上的泥土搬到院子，像父亲那样光着脚站在泥土里，养花种菜植树，春天里拿根小棍拨弄蚯蚓，秋天里捧着茶壶听泥土里虫子的鸣叫，从而获取身心的滋养。"我们回家吧。"每当读到科普斯这句再简单不过的话，我都觉得无比圣洁、亲切。那一刻，我想起艾青的诗句："为什么我的眼里常含泪水？因为我对这土地爱得深沉……"还有我所敬仰的巴金，在他黑色头像的白底座上题下这样的句子："我唯一的心愿是：化作泥土，留在人们温暖的脚印里。"

我在想着，我的血脉在碾儿庄，我的根系在碾儿庄，这是命中注定的。走到哪儿，我都脱不了那片泥土的牵连。在出生的那一刻，就注定了我的永恒。泥土是我的起点，也是我的终点。要是许多日子没有回去，我就会做梦，梦见碾儿庄的老墙、老槐、牛羊、蚯蚓，还有泥土下秋虫的啼叫，以及泥土上父亲深深的脚印。

白
云

眺 望

  人类总是想用天上的白云来装饰心灵。我常常看见一些人站在大地上神情专注地眺望白云。他们的目光随着白云游动。他们的眼睛和白云中间,一定有一根无法用肉眼观察到的丝线牵连着。这时我想到了风筝。那么白云就是心灵中一只放飞的风筝。

  我们的世界充满万物,而白云是人类用肉眼所能观察到组合最复杂、变化最无常的物体。

  我常常久久地眺望白云。白云在我的凝视中施展着魔法,它是城市和乡村,大海和森林,高山和河流,沙漠和草原。有时它会成为一片树叶或者一叶帆船,一缕锦带或者一朵菊花,一面琵琶或者一只蝌蚪,一团蘑菇或者一只蝙蝠;你可以想象它是一个伟人的头像,一个少女的睡姿,一个弯弓射雕的少年,一个驰骋沙场的壮士;如果想象再丰富些,你可以在其中品读荷马史诗和古希腊罗马的神话,解读卢梭的《社会契约论》、波普的《科学发现的逻辑》、皮亚杰的《结构主义》……你还可以领略古代的经典战役，如亚历山大东征、斯巴达克起义、十字军远征以及中国的蚩尤大战、赤壁之战……

大自然中再也没有比白云更加丰富的想象了。它在纵横自如、散漫有序的变化中演绎着人类的思维模式和经典故事。

某日黄昏，我伫立在田野望着东南方天空的一片白云。黑白交错的云几乎布满天空，唯独东南方空出一块领地，让那片白云有了展示才华的机会。我的目光刚触及它时，它是一只卧虎；随后那前蹄就飞起来，后蹄就弯起来，又成了一只奔跑的白虎；后来它变成了一只白鹿，头顶上长出两只角；再后来它又变成了一只玉兔……变化的过程仅仅不到抽支烟的时间。

我不止一次这样用心观察白云。那个时刻我的心很寂静，像虔诚的佛教徒。佛在心中说：孩子，你不累吗？

白云是我的课堂。世间的烦恼膨胀了我的心灵时，我便走向课堂聆听佛的讲课。不变的课程就是变化无常的白云。在它变来变去的过程中，我便读懂了人生，也学到了抛弃烦恼的方式。

方式其实很简单：$1-1=0$

这是一个算式，简单得连幼儿园的孩子都不用思索。那么在人生的课堂里，减号前后的"1"含义是什么呢？

给每个人都留下一个谜底吧。

另一个黄昏，天上完全是云，洁白得让人目光眩晕。一位老妇人带着两个七八岁的孩子坐在田间小道旁眺望天上的白云。那两个孩子一搭眼便知是双胞胎，一样的衣服，一样的脸廓，连眼神在瞧着云的变化时都是一样的。按照年龄差异他们应该是婆孙关系。

"看见爸爸妈妈了吧？他们在白云上边飞呢。每个人都有一块白云，看看，你俩的白云在哪儿？"

两个孩子似乎听懂了婆婆的话，都扯着脖子寻找。

婆婆肯定是从丰富的阅历中走过来的人。花白的头发，堆满褶皱的脸无法掩饰在注视白云时那双少女般纯情的眸子。她的每一根白发都是一首故事，每一道皱褶都是岁月雕刻的幸福或者痛苦。但那眸子里所表达出的内容仍然是对人生、对生活的期冀。

眺望白云的意义是在眺望生命的另一半。比如少女热恋的白马王子，情郎思念的美丽天使。再比如某一个人对事业、理想的追求，甚至还有对母亲的怀念。而这些都构成人的生命中不可缺少的组成部分，丰富着人生的内涵。

眺望白云的人肯定没有神经质。

他是在阅读理想、生命，还有情操。

俯　视

俯视白云就是检阅一种人生。

同时也是在审读自己的灵魂。

古时只有齐天大圣孙悟空和王母娘娘一类人能够俯视白云。飘逸、超脱、自由，戏弄白云于股掌之间。现代科技让人类拥有了飞机、宇宙飞船，俯视白云再也不是神话、童话。

可是，当我们真正俯视白云时心情却无论如何无法激动。其实这不是白云的错，当我们置身于白云之上，才发觉天上并没有天宫，现代科技让神话和童话全成了泡影。远古至今的人类所企望的天宫渺无踪影时，我们才觉得人类其实是最伟大的，生活中的锅碗瓢盆、油盐酱醋、妻子儿女以及朋友、情人、仇人才是最真实的。

我们从大地出发，最后又回到了大地，绕了一个认识论的圆圈。

人类为什么要发展科技，难道就是让他们的梦幻不再继续吗？

我不喜欢无云的天空。生存在大地如此，乘飞机超越万里云空也是如此。即使云空上面没有幻想中的天宫，我仍然对那些洁净的白云充满感激。眺望是一种理想，俯视也是一种理想。只是，当我俯视它时，我就具备了超越人生的情怀。我就会在心里对自己说：再高些！白云之上的晴空上面还会有更洁白的云吗？

我想看见。

设想一下吧，那婆婆和她的两个孙子在地面上眺望白云的那一刻，飞机正在白云上翱翔。飞机上坐着双胞胎的父母。他们去旅游？出差？或者出国？其实我不需要答案。我唯一牵挂的就是他们对窗外的白云是否怀有感慨，他们是否看见了大地上眺望白云的婆孙三人。

我这不是杞人忧天吗？

但我仍放心不下。

孔子曰："君子喻以义，小人喻于利。"范仲淹也说"先天下之忧而忧，后天下之乐而乐"。连《圣经》都在诵着"廉洁、知识、恒忍、恩慈、圣灵的感化、无伪的爱心"。这些句子如烛光，曾照亮了人类的灵魂，我复述这些句子只是让自己的灵魂更干净一些，如被俯视状态下的白云。

能够俯视白云的人到目前为止只是人类中的一少部分人。包括我和那对双胞胎的父母。我们这些人是不是就比那些永远只能眺望白云的人多了些理想、情操以及责任心、使命感呢？这个问题看起来有点滑稽，但本质上是善良的。王母娘娘做到了吗？孙悟空做到了吗？王母娘娘给予人类的是无穷无尽的欺骗。孙悟空呢？他虽然是战胜邪恶的化身，但他的诡变只能让人类仰天而叹。

人类还得脚踏实地走路。这才是真理，永恒不变的真理。

不过，我们在走路时不要忘却头顶上的白云。

灵　魂

我用我的灵魂透视白云。

灵魂中的白云被赋予了生命的意义。

灵魂中的白云常在梦中出现，那是灵魂生存和出没的地方。梦中的白云具体而抽象，但它却让我回到远古时代人类的初期，清晰的思维和混沌的追求。他们明白吃是为了生存，却不知道生存是为了什么。

我常常揪住灵魂中的白云不放，问它为什么缠绕我？它却反问我为何不去唱歌、聊天、打牌、逛街、看电视，或者享受爱情的快乐，而偏偏孤独一人面对着一座山、一条河、一座庙宇、一片竹林或者一堵结着蜘蛛网的墙角，为什么追逐着它的影子不放？

它神秘地俯在我的耳边说："我是你的生命之源。"

白云是我灵魂的载体。将灵魂置于白云中就不至于被某一根柱子拴住，就不会为名声啊、金钱啊、美女啊、官职啊、房子啊、车子啊等这些世人向往的东西所困所累。你就会觉得人活着只不过是一种形式、一具肉体、一个符号而已，而如何活着才是本质的东西。随风而去，伴云而飘，追求一种至高的理想境界，为了一种精神的飘逸和流浪而活着才有意义。比如我的写作，要说是为了某种物质的利诱，那还不如去卖红薯，蹬三轮车。虽说发不了财，但一分一角是现成的，那些被手掌焐热的钱是属于我自己的。我可以用它们换来油盐酱醋、一包烟、一瓶酒。积少成多，也许会购到一部小车、一幢别墅。而写作呢？不但毫无分文报酬，还得赔上笔墨稿纸信封邮票和时间，还有泪珠和汗水。但我快乐，我喜欢从事一种没有止境的工作，喜欢在思维的空间里随风而去，伴云而飘。

  这种快乐属于我，谁也掠夺不去。

  我为之自豪。

  白云进入人的灵魂是一种理想的存在方式，也是寄托一种崇高情怀的通道。那些变化无穷的白云时刻激扬、滋润着理想和情怀，让它不至于干涸和凋零。

  这样，灵魂中的这块地域就不含丝毫的杂质，洁净得似被佛用清洗剂擦洗过。

  而心灵中时刻都会有一种全新的感受，如诗如画般的境界里悠扬起一种琴声。

"我听见从天上有声音,像众水的声音和大雷的声音,并且我所听见的好像弹琴的所弹的琴声。"这是《圣经》中所说的。语法似有些不通,可意思很明确,是把天上的水声和雷声都喻为琴声。这是陶冶人的灵魂的琴声,从白云中穿出来感染和点化人的灵魂。那么白云之上有什么呢?书上这样回答:"有一片白云,云上坐着一位好像人子,头上戴着金冠冕,手里拿着快镰刀。"

我的理解是,那"金冠冕"是假设的阳光透过白云的幻象,而那"快镰刀"是真实的,是用来解剖自己的灵魂,收获自己的理想的。

我扯得其实并不远。我们从娘肚子爬出来时,白云就在天上注视着。白云说:呀,这个孩子有前途。这句话对每个人都是公平的。问题是好多人长着长着,就忘记了天上还有白云存在,他们只顾及了地球上的一切,只贪婪着自己的欲望。为了比地球上的其他人站得更高一点,为了多挤占一点空间,他们绞尽脑汁,心力枯竭,岂不知在白云的目光中,他们不过是地球上的几只蚂蚁罢了。

而另一些人呢?他们从诞生的那一刻起就为白云而歌唱,让白云注视着自己成长。他们在人生旅途中随处俯拾着白云的影子。渐渐地,他们把白云装入了灵魂中,让白云变成自己的翅膀飞啊飘啊……

那种伴云而飘的感觉真的很美妙。

擦肩而过的白云,仅仅是一种美妙的感觉吗?

擦　肩

眺望、俯视,或者把白云装进灵魂都让人有一种距离感。距离可以产生美。而没有距离难道就没有美的感觉吗?婴儿吮吸母乳,异性肌肤相亲,五十年一遇的握手难道就不美吗?

那么,与白云擦肩而过的感觉呢?

在庐山我有过这种艳遇。闪烁着隐逸文化光芒的庐山云雾是白色的,遍及沟壑,遮蔽了一幢幢别墅,弥漫在山坡、道路上的白云俯拾皆是,时时与我擦肩。

是灵魂中的白云被这秀美、神秘的山所迷恋而走出来的吗?我在庐山的几日里确实很疑惑。那几日我的灵魂一片空灵,行走在锦绣沟中时我感觉眩晕,总是担心一失足会跌入白云覆盖的沟底。

我祈祷着白云返回我的灵魂。

但我很快就发现了自己的错误。那天一同步入锦绣沟的有数千人,每个人的脸上都荡漾着幸福的笑影。他们用白云做背景留下倩影,用白云擦拭着心灵的污垢。白云近在咫尺,再平庸的人也会摘下一朵置入灵魂。我目睹一男一女两个年轻人搀扶着一位拄着拐杖的白发老人走过一段险路,一声声"爷爷、爷爷"地欢叫着。那被称为"爷爷"的老人想站在一块巨石上俯视沟中的云,那男青年就背着他迈向巨石。走完锦绣沟,过了仙人洞,那对青年男女用白云抹着满头的汗珠向老人挥手再见,我才明白他们其实并不相识。

是擦肩而过的白云让那对青年男女帮助一位不相识的老人吗?那日我发觉几乎所有穿过锦绣沟的人都可亲可敬,跋涉过庸俗而繁杂的人生,进入白云缭绕的境界,谁的心灵能不跳荡一下呢?

我付出了灵魂中的白云难道不值得吗?

托举着一片白云,我走近一位女孩。那女孩的眼睛布满一种朦胧的美,似透射出两缕白云,含笑的脸如一泓在白云下荡漾的碧波。我看见她时她正在斜坡的路上帮着一位参加笔会的老人提箱子。我被女孩那笼罩着白云的容貌打动了。她走近我,大约猜出来我也是参加笔会的,却找不到去宾馆的路,便大方地自我介绍:"您是来开会的吧?我叫白云。"

她叫白云?她的语调极像穿透云层的那种琴声。

那一瞬间四面八方的云雾齐聚而来,将我和那位女孩,还有那位老人团团围住,久而不散。是神话吗?仿佛千万年来延续着生命的白云就是为这个女孩而生存着。一个敢于用白云给自己命名的女孩,生命的词典中绝没有平庸。她的气质、情怀以及生命的天宇一定会如白云般美丽,是诗画无法比拟的。

多年来,我穿越时空的束缚似乎就是为了寻找一个叫白云的女孩,寻找一位白云的天使。现在我如愿以偿找到了,这难道是命运使然?灵魂中的白云,庐山上的白云,与这个叫白云的女孩在这个飞溅着生命火花的夏天融为一体。难道一种历史性的巧合就这样珍藏进我记忆的档案之中?

叫白云的这个女孩只有二十三岁,但她的人生第一幕却让来自全国各地的作家们肃然起敬。她主持着这个笔会的开幕式时没有少女的羞涩和娇柔,却似教徒朝圣那般虔诚。

她说,她是第一次面对着如此众多的作家当一个主持人。

庐山的云雾连同那个叫白云的女孩就这样步入了我们这些作家宽广的心域。我们都是把信仰铭刻在生命中的人,在驰骋着精神和意志的狭谷中我们曾与白云擦肩而过。这虽然让我遗憾,但是这种擦肩而过的意义却非同寻常。厮守一生的人未必就能让精神的翅膀张扬开来,偶尔的相遇却能陶醉一种情怀和感觉。

谁能说擦肩而过对人生没有意义呢?

月　空

　　能够仔细注视月空中白云的人绝对是幸福的。月空中的白云更多表现的是温柔的一面,你可以尽情地找寻你的母亲、恋人以及触动你心灵的女孩。

　　你甚至指着某一片云说:那就是我的。晶莹的白云代表着你透明的情感和圣洁的魂灵,随便摘下一片,都能载你飞向人生或艺术的殿堂。

　　白云,月夜。这样的情景常让人们充满希望,激励情怀。柳永一生失意潦倒,但也写下"千里烟波,暮霭沉沉楚天阔"这般气势恢宏的词句。李清照在颠沛流离中仍然对未来充满希望,"云中谁寄锦书来,雁字回时,月满西楼"。著名的抗金大将岳飞更是用"八千里路云和月"慨其壮怀激烈。我有时沉湎于古人的诗词中难以自拔,在夜空的月云中缅怀古人并激励自己。古人的情怀在千年之外就在大地上镶上了一面镜子,与云月对映。

　　我忽然想到一幅油画,画家是谁并不重要,重要的是这幅画所传达出的人生意义。很辽阔洁白的一片月空,白云似锦带缠绕着月亮。月亮走,白云也走。那动感的画面让月亮和白云都没有静止的感觉。大地是黑色的,黑色的大地上站着一位小女孩,用双手托着下巴凝视白云。小女孩的眼睛很圆亮,让天上的月亮都黯然失色。

我不知道小女孩凝视着白云在想什么，但她的内心绝对有一种渴望或者理想。这样的画面除了美的感觉，还有一种人生的意义。这意义不是灰色的，冷调的，而是积极的，乐观的。当我久久沉浸在那幅画中时，我忽然就变成了那个小女孩。我想飞，飞进白云中，让月光也晶莹一次自己的灵魂。

在布满白云的月夜，我学会了散步。散步也是一门学问，一个人散步到田野的深处，谛听地面或地下虫子的叫声，再仰头举目，那一片片、一团团、一缕缕的白云都成了我的伴儿。我陶醉在一首诗、一幅画、一个故事、一种情怀中，听见白云在讲述着什么，有时还纵情歌唱成朗声欢呼，是悠扬的琴声，是少年的笛鸣，是少女的歌喉，在心潮澎湃时还有雄浑的交响曲，偶有失意惆怅，白云就幻化成救世主耶稣、布道者卫斯理、高僧唐玄奘、赐福者观音……他们引领我穿过苦难之门，越过迷惘之廊，到达天国的某个角落。

在天国，我拥有一个角落就足够了。

天国在月空中白云的上空吗？当然不是。

月空中的白云本身其实就是天国。我们的目光所能触及的宇宙，白云是最具变化的物体。它生存的方式和目的就是用千姿百态的图形点化人类的思维和情感。如果再有月亮为它壮胆，为它送行，幸福的、自由的、欢乐的、无虑的天国非它莫属。

  我又散步到月夜中，这是一个透着灵魂的月夜。想了想，正是农历的十五，今晚的白云是再皎洁不过的了，片片白云缀成的图案是我有生以来见到的最美丽、最迷人的图案。

  我想让那位老婆婆以及她的那对双胞胎孙子，那对双胞胎的父母，还有庐山锦绣沟出现的那对青年男女和被他们搀扶着、背负着的老爷爷以及世上所有的人都站在地球上欣赏今夜的白云。

  我更希望在大地上生活着的、曾与我擦肩而过的那位叫白云的姑娘此刻也仰望天上的白云。她是我灵魂中白云的化身，在人生的历程中，她能逾越平庸那座高山吗？她能打开灵魂的大门让白云自由出入吗？

  我还有什么可表述的呢。

夏雨

秩 序

夏日出门,不要忘了带一把伞。最好是折叠伞,提在手上或者夹在腋下。这并不煞风景,我们领略过无数的风景,才恍然所谓的风景其实是作为客观主体的人对事物的一种认识,或者称为欣赏。

夏日的雨说来便来,说走就走。没有规律便是规律。因此母亲在我出门时仍追出好远,塞给我一把伞:"就是不下雨,也能遮日头爷啊。"

母亲把太阳称为日头爷,她的话对于我永远是真理。可是我却实在不争气,常常就把出门带走的伞不知遗忘在某个角落了。因此,我心里时常伤痛,倒不是心疼那把伞,而是怜悯母亲那颗心。年轻时,我出门时尽可能避开母亲的目光。成家后,我和母亲分开住了,离开了母亲的监督,我就卸去了精神的负荷,夏日出门再也不用为一把伞而牵肠揪心了。

灿烂的阳光里忽然就落下一些雨。莫名其妙地来了,又神神秘秘地走了。我很喜欢在这种莫名其妙和神神秘秘的氛围中行走在人生的路上，游走于岁月之间，用心灵去感悟人生的无常。人生有时确实荒谬，你老老实实地生活和工作着，不知怎么就有一些关于你的流言蜚语浸漫着你的身心；你按照交通规则走路，冷不防就有人或车撞在你身上，甚至还有一只脚尖或脚跟踩在你脚面上；你正在认真办一件事时，忽然就有一些意想不到的障碍阻止这件事的正常运转；你正跋涉在充满理想和希望的人生征途中，想不到病魔在半道上心怀叵测地等着你。再比如，你乘坐的飞机突然从空中掉下，你的手提包霎那时不翼而飞，你正在使用的煤气罐顷刻爆炸……

没有秩序的夏雨是不是在诠释人生？

晴朗的阳光下俯冲直撞的不仅仅是淅沥的细雨，也有倾盆的暴雨，偶尔还夹杂着雷电的震撼。

循规蹈矩的秩序，让夏天缺乏激情和生命力。它让人类喘不过气，让庄稼枯竭了生命，让动物停止了思维，让自然界的一切生物都昏昏欲睡。

这样的情况下，首先是人的心情十分焦躁。夏雨不喜欢秩序，于是，它洒下一些怜悯的泪，并把它们转化为雨，给自然界和人类一些恩赐。

当远古时还没有诞生"秩序"这个词时，人类对这变化无常的夏雨做何感想？人类中的某些人越来越讲究秩序了，越来越囚于一种模式的思维和生活。这其实是在扼杀人类的创造性和适应力。

没有秩序的夏雨赋予人类以某种启示。它是刺破天宇的思想利箭，是举着思想的长矛，刺向死气沉沉和枯燥无味的夏天，让人类固守的定式、规律、秩序滴出鲜血，哼出呻吟。它启示人类必须舍弃那些传统的思维方式，适应生活的多维以及时代的嬗变。

我喜欢没有秩序的夏雨，它符合我放荡不羁的性格和四处流浪的嗜好。

我的名字叫远行侠。

爱　情

古代作家和诗人把夏雨称为梧桐雨，还有的喻为鸳鸯泪，龟蛇的精灵。这些词语在宣泄着爱情的意义，点缀着情人的精神和灵魂。不能否定这些词句闪烁着的思想光芒，人类原始的生存环境被诗意化了。

作家和诗人的确很伟大。

三十四岁那年夏天的某一日，我航行在漓江的水面上。那日的夏雨时断时续，阳光时出时进。这"甲天下"的漓江水负载着一位孕妇，她臃肿的身子宛若厚重的情感财富。她是一位大学讲师，错失了青春期的爱情。她在三十一岁那年夏天嫁给了一位出租车司机。她和他的爱情缘于一年前的一场夏雨。

那是个黄昏，她从学校返回家时，在距离象鼻山不远的马路上突遇暴雨。而那一刻，西天还燃烧着夕阳。她喜欢暴雨的意境，就任暴雨淋着，向象鼻山祈祷她的爱情。她在暴雨中站了接近25分钟，而她的身后5米远处停着一辆红色的夏利车。车旁站着的那位长发男子注视着她被暴雨浇灌的全过程。

湿漉的长发，覆盖着他的脸。她偶一回头，只能看见他交叉在胸前的双臂。她感应到了一颗浸泡在暴雨中的灵魂，那灵魂，在吞噬着她的情感。

"这是充满灵性的夏雨吗？"

他走近她。

暴雨凯旋。

相爱的过程看起来十分简单，但是谁又能否认这种爱情诞生的基础和外部因素呢？爱情衍化到今天已经不单纯是性的吸引，而首先是心灵的碰撞和交融。人的心灵是密封着的，当一种强烈的外力冲击开它时，它所释放出来的绝对是真诚的情感，鲜红的血液。那种外力不仅要有坚韧的钻头，还必须具备透视的悟性的能力。

那日黄昏的暴雨是爱情的使者。否则它就不会恰巧在那个黄昏降临在象鼻山，引导两颗心灵走向一个目标。

孕妇仿佛向我们讲述着一个古老的童话。十三天前的一个上午，已经成为她丈夫的出租车司机在把三个客人送到漓江码头之后失踪了。那天中午前桂林城的上空响过几声惊雷，接着暴雨便包围了这座城市。

孕妇确信她丈夫的魂灵漂荡在漓江，于是十天来她就和即将面世的孩子一起每日在江面上搜寻……

这是我在三十四岁那年夏天亲历的一个故事。那天，船上的人都用目光追踪着一个灵魂。夏雨淋湿了人的思维，阳光又一次次将思维晒干。江两岸的奇峰巨石，在我们目光的审视下寂然无语。

它确实什么都不知道吗？

那制造了爱情的夏雨呢？它用丝线曾经连通了两颗心，而此刻，它是在倾听着两个灵魂的对白吗？

那日的它，神情凄凄地在漓江中行走，目光溢满绝望和悲愤。

或许，还有一种慰藉。

神　话

夏雨的灵魂中弥漫着神话色彩。

《山海经·海外东经》载:"雨师妾在其北,其为人黑,两手各操一蛇;左耳有青蛇,右耳有赤蛇。一曰在十日北,为黑身人面,各操一龟。"

何为雨师?《艺文类聚》卷二引《风俗通》云:"玄冥,雨师也。"《山海经》中又称雨师为屏翳。"冥"为昏暗,"翳"为遮蔽,都是夏雨的征兆。夏雨来前风起云涌,遮天蔽日,一片昏暗。因之雨师者,夏雨也。雨师之妾,自然是夏雨的妻子。那么,龟、蛇的出现又隐喻什么呢?

人类对于神话传说已经越来越淡漠了。然而我却缠绕在这个话题中难以自拔。女人、龟、蛇,三者本身就有许多纠缠不清的话题。女人被喻为水,龟和蛇都是水中精灵,充满神性和某种象征意义。

这样的话题难以让我轻松。

夏雨,带着神的旨意翩翩而至,让人类和自然界享受着神的恩赐,同时又将不可预知的灾难作为"礼物"送给人类。夏雨往往伴随着雷电,人类常常在雷电的袭击中奇怪地失去亲人。二十年前我在一座村庄插队时,村子一位刚娶进门的妙龄女子在院子收衣服时突然就倒在动天地、泣鬼神的雷声中。她当然不是简单地倒下,她的生命结束了。类似的事件时不时就在媒体上出现。

雨师、雨师妾、龟、蛇,这些披着神秘外衣的物体丰富着人类的想象,但同时又隐含着灾难和战争。原始社会时期,定居在中原地区的古代部落在互相融合的过程中曾在夏雨中相互残杀。《韩非子·十过》云:"昔者黄帝合鬼神于西泰山之上……蚩尤居前,风伯进扫,雨师洒道。"《山海经·大荒北经》云:"蚩尤作兵伐黄帝,黄帝乃令龙攻之冀州之野。应龙蓄水。蚩尤请风伯、雨师,从(纵)大风雨。"雨师与风伯又转而与蚩尤同攻黄帝。

我们没有责任评判那场战争。但我们不可忽视雨师——夏雨在那场战争中所起的作用。我们常说的天时地利人和,实际上就是肯定自然现象对人类的影响。纣王为何要建鹿台?诸葛为何祭风?农夫为何求雨?弥漫着神话色彩的夏雨,在风的伴奏下吟唱大自然的颂歌,也导演着人类的悲欢离合,影响着人类的一些重大事件。

目睹着神秘莫测的夏雨,不知道人类还想祈祷什么?

黎 明

那天晚上,我不想睡觉,有一场与写作同样重要的球赛在等待着我。欧洲杯的决赛:葡萄牙对希腊。这是令全球所有足球专家和球迷都没有猜测到的决赛。

我把自己的前半夜交给稿纸,把后半夜交给球赛,这样我就拥有一个圆满的夜晚。那晚我的感觉妙极了,完成了一篇散文的写作,我带着兴奋和惬意进入了决赛。红衣绿裤的葡萄牙人赏心悦目的进攻,白衣蓝裤的希腊人勇猛顽强的防守,令比赛成为一场经典的攻防战役。

结果是希腊人赢得了比赛。那个进球的希腊小子叫查理斯·特亚斯。全世界的球迷那一刻都瞠目结舌,接着便起立欢呼。

欢呼声惊醒了沉睡着的雷电。它们大约猜出来地球上正在发生着一桩惊心动魄的事件,于是也不甘寂寞怒吼起来。霎时,风云激荡,雷雨横空出世,飞扬跋扈。窗外的世界成了水的汪洋,雨的舞台。

夏雨就这样被一场堪称经典的球赛唤醒。它为欧洲足球的浪漫而咏叹。

我看见电视屏幕上的希腊人呼应着黎明的夏雨而疯狂。风云、雷电、暴雨在竭尽全力为一个崭新的黎明祝福。

古老的中国无法享受这种祝福,数千年的文化和思想为这个民族构筑了一个堡垒。我们在这个堡垒中已经习惯了压抑和窒息并自得其乐,陶醉在其中不愿自拔。那坚固的堡垒让现代科技都无法洞穿。

某些人甚至拒绝夏天的雨,他们总是担心放荡的夏雨会破坏墨守成规的秩序。他们希望这个秩序再延续一千年、一万年。

整个欧洲杯期间,我所生活的小城沉迷在干旱和燥热中。国家气候中心发言人说今夏中国频现极端天气,部分地区最高气温超过历史同期最大值。这种极端的暑热在欧洲孕育着一场革命。欧洲难道无雨吗?它首先在惊诧传统强队在这届杯上过早出局。法国、意大利、英格兰、德国、荷兰,你们这些强队的颜面哪儿去了?夏雨为他们悲恸得连泪水都流不出来了。

但欧洲人在悲恸之后又欣喜地接受了一个足球新秩序的建立。人类看惯了月亮从东方升起,思维就变得麻木。而一旦发现月亮从西方升起时,我们难道不惊奇、不快乐吗?

我想到了尼采和他的铁锤。尼采的哲学铁锤就是通过摧毁所有的习惯信仰即事实上的偶像的办法,以便发现一种真理,摧毁一个时代的神话和习惯的束缚,自由地建立他所赖以生活的信仰。

尼采用铁锤粉碎了神话,搅乱了一种秩序。由此我不难理解雨在这个夏天的沉默。它在沉默中积攒激情和力量,以便在一个黎明倾情释放。

它在思想的轨道上探索真理,摧毁偶像。当一个新的欧洲杯冠军出世时,当欧洲一个新娘步入婚礼的殿堂时,它便完成了理想的冲突,它为之振臂欢呼。

思考和沉默之后的爆发是惊天动地的。

夏雨被黎明惊醒了。它经历了灵与肉的折磨和煎熬,终于在黎明时获得了新生。

我冲出屋子任暴雨浇注。和夏雨一样,我也激情澎湃。

晚　霞

你见过夏天的雨被晚霞燃烧的景象吗?

我走过一段峡谷,爬过一座山的身子,登上了圭峰顶。

圭峰并不是名山,但在我们当地是一道风景。为了欣赏大自然的种种杰作,我不倦地攀登它。那个夏日的傍晚,我站在圭峰顶凝视着西天的晚霞。登高而望的感觉爽极了,一个红灯笼、一个红透了的柿子在白云的拥簇下神圣地凝固在西山顶。那一瞬间构造了一个历史岁月。那些岁月被我俯视着,成为一道烟云缕缕而逝。

西边的山顶正释放着一天的能量，红灿灿的晚云燃烧着辽阔的天宇。

我甚至连一丝风都没有来得及感觉到，平厚的西部就荡漾着一片雨雾。雨雾的上空是诡变而出的乌云，黑色的脸和牙齿，还有魔掌。那乌云和燃烧着的晚云形成鲜明的比照，界限非常分明。

好大一片夏雨，似一面幕布罩住了夕阳和绚烂的晚云。它肆虐着，尽情地向西山顶上的晚霞挑战。

这时，我看见了最为壮观的一幕。伴随着一道雷电，晚霞划破了雨雾的封锁，向乌云展开反扑，它把乌云迫挤得步步后退，雨幕也随之东移，被遮挡的夕阳在一天中生命的最后时刻放射出夺目的光芒，把晶莹的夏雨映得透红透亮。

啊，红雨！那一片雨刹那间燃烧起来，如鲜红的血液涌流、漫延，似彩虹的音符跳荡、颤动。我甚至听到了它在朗诵着震撼宇宙的生命诗篇。

那幅景象只持续了几秒钟，燃尽生命火花的夕阳完成了一天的使命在西山的怀抱中栖息了，晚霞和红云也渐渐消退，雨恢复了原状，一片白色的帷幕又悬挂在西天。乌云呢，迅速地扩大它的领地。

"你所看到的就是美丽的。"恍惚中起风了，我看见山顶上、山腰上、峡谷里所有的草木都在摇曳。

我非常遗憾没有带相机，否则我会拍下自然界一幅壮观的景象。但我并不在意，什么也比不上用心灵烙下的自然景色。那燃烧着的红雨的灵魂是无法用相机摄下的。而它曾经摇晃过我的灵魂，让我在大自然的杰作中完成了一次生命的全新体验。难道还有比自然的灵魂和人的灵魂互相融合，交相辉映更壮丽的景象吗？

我深深地吸了口气，从圭峰顶步步挪下。山上并没有落雨，山路依然坚硬，昏暗的天色让下山不免有些艰难。但我习惯了摸黑下山的方式，用一根棍子探路，脚跟站稳踏实后，再换另一只脚。奇怪，那天傍晚的山路似乎总有一团红光映照着，让我得以从容地下山。下山后我才似乎明白，是晚霞燃烧过的红雨把它曾经拥有过的美丽转嫁给了我的心灵。山路上的红光，只是一种心灵的感应。

夏雨曾经被晚霞燃烧过。它的生命曾有过辉煌，也曾为这个世界留下几秒钟的壮丽。虽然只有短暂的几秒，但我仍然感激它。在我生命的夏天里，我渴望永恒的红雨。

鸟类辞典

飞　翔

　　清晨，懒得起床，打开电视，央视七套正在播出的是《人与自然》。男播音员正在用柔和的声音讲述美洲鹤的生活习性。美洲鹤的脖子和腿肢很细，飞翔的时候张扬开一双大翅，优美极了。

　　忽然，我琢磨起飞翔这个词来。字典上"飞"和"翔"的含义并没有区别。可是我却在想，"飞"应当是鸟儿起飞的动作，"翔"应该是在空中平行滑行的动作。我知道，仓颉的字都是依照万物的形状造出来的。想想，还真的有点味道。

　　据说，两亿年前，昆虫是地球上唯一会飞的动物，这非凡的本领后来被鸟所超越。鸟类的飞翔技术显然更娴熟，方式也更为崇高，因为飞翔，它就有了和天空零距离接触的机会。

　　在天空张扬起翅膀，是鸟类生命的价值。

　　不同的鸟有各自独特的飞翔节奏，或高或低，或收或展，旋转如舞。海鸥的圆舞，雨燕的华尔兹，大雁的集体舞……鸟优美地起伏身体，天空中充满舞蹈者的弧线。鸟让气流颤动，像是琴弦奏响的音符。天空中如果没有鸟,那就少了许多的弧线。

鸟是弯弓射向天空的箭。短暂的降落不过是在养精蓄锐,为的是再一次把自己搭在弓弦之上。

因为飞,鸟的视角比别的动物都要高远。

仰起头,看到乌鸦在飞,黑暗的浓缩液降低了光明的纯度。回巢的鸦群又像是四处溅开的墨水,弄脏了整张天空。夜晚,乌鸦展开巨翼,遮盖了通向天堂的光线。

鹰在平静的翱翔中保持着强悍力量,具有非凡的力量与孤独的勇气,凝聚着某种超脱于现实背景之上的英雄主义。早在先民部落里,就把鹰作为图腾形象,至今,印第安人仍传唱着有关鹰的优美古歌。飞在高处的鹰,我们必须以仰望的方式,才能见到它隐约的风姿。天幕绸蓝的底衬上,别着一枚高贵的徽章,谁才配接受这样的颁赠?

横空出世,我觉得大雁才配得上这样的词语。

我一直认为大雁具有独特情怀,是我审美理念里最伟大的鸟。应当说,大雁是距离太阳最近的鸟了。因为近,它感受到的阳光应该是最温暖的。它的目光和白云对接,衍变出两种色彩的对峙。

海阔凭鱼跃,天高任鸟飞。这鸟,便是海鸥。我的出行,如果可能的话，会尽可能地挑选海边。除了看海，还希望看到海鸥的飞翔。

　　大海的情怀，这是我尊敬它的理由。在没有气象预报的年代，海鸥就是渔民的晴雨表。它们贴近海面飞行，预示未来的天气将是晴好的；如果沿着海边徘徊，天气将会逐渐变坏。假如它们离开水面高翔，成群结队地从大海远处飞向海边，或者成群的海鸥聚集在沙滩上或岩石缝里，是提醒渔民暴风雨即将来临。

　　一种鸟，它的飞翔具备着关照人间疾苦的意义，我们如何不感动？

　　斑鸠喜欢水，还有水边的芦苇。风在摇曳，家乡灞河边的芦苇铺排起波浪。许多斑鸠就掩藏在其中，如帕斯卡尔那样在芦苇丛中闭目思想。帕斯卡尔这样说："人是一棵会思想的苇草。"斑鸠也学会了思想，当我试图接近它时，它却瞬间悬飞起来，像一面松木色的古琴，风一样抚响弦样的羽轴，发出昂扬而悦耳的声音——那是思想辐射出的影子。

　　读懂一只鸟，不是一件容易的事。

　　飞行升空是人类的美好愿望。古人对鸟类的飞行是既向往又困惑的，很多文明古国把鸟类视为神秘的物体，许多民族的神都被想象成有飞行能力。几千年来，人类一直在执着地试图离开地球表面，风筝、飞碟、飞机、宇宙飞船的诞生，都是受了鸟类飞翔的启示。

小时候，我幻想飞翔，于是，孙大圣就成为我的偶像。八九岁的时候，我都在黑暗中偷偷练习，幼稚而徒劳地挥动双臂，向上跳跃，以为经过不懈的努力，细细的胳膊也可以变作翅膀，飞翔起来。多少个梦里，我悬浮于空中，醒来后，回忆着在天空的姿势，其实不是飞，仍旧是走。

我们很少在地面上发现鸟尸。我把云朵想象为鸟的墓床，里面收藏着无数神秘的灵魂。

鸟在头顶飞翔，注定我要仰视。

声　音

最初，山川、河流、森林、海洋都哑巴似的无声无息。某日清晨，一只鸟突发臆想，张开喉咙"啊"了声，于是声音诞生了。

鸟唤醒了大自然的寂静，那精灵般的叫声让自然界充满魅力。格雷先生《鸟的魅力》以梦幻般的手法记录了数以百计的鸟的鸣叫，彰显着心灵与自然的和谐。鸟的叫声从一诞生便肩负着神圣的使命，它亘古不变的声音，调和着人类和现代科技所发明的声音，抚慰着人类日渐厌倦、疲累的心灵。

夏日的正午，一只野雉疾速飞过，投射下来一小片清凉的暗影，这些细碎的斑点在大地上跳动——我听见了那好听的声音。它们的声音这样打动我的心弦，花腔的情歌、押韵的诗诵、冲锋的号角、失恋的哀叹……

乌鸦是不受欢迎的鸟儿，它的出现总让人产生不祥的预感，据说它的叫声里含有一种诅咒的力量。就像拜访爱伦·坡那只著名的乌鸦，站在智慧女神的雕像上，重复着唯一的"永不再"，来对答诗人所有的探询。这阴郁的谶言或咒语，激起了诗人的烦恼和憎恨，乌鸦也被他痛骂为恶魔。谁不喜欢听好话？乌鸦却做出最逆耳、最冷酷的断语。中国西南一些地区管那些讲话难听、令人厌恶的人叫乌鸦嘴。乔叟在《坎特伯雷故事集》里倒是替乌鸦辩护过，说乌鸦是一种由于说了真话而无辜受罚的动物，但这并不能阻挠乌鸦在寓言中反复充当反面角色。

让我入迷的鸟声似乎并不多见。可是到当我在汉中的洋县聆听到朱鹮的叫声时，仿佛谛听到了呢喃的佛音：远、虚、淡、静。那是心灵的栖息地，是至高的境界。在我的注目下，几只朱鹮一边梳理羽毛，一边合唱。闭眼，好像童年时母亲在秦岭化羊峪呼唤我回家的声音，那声音在山谷中回荡，有种沉迷的况味。

看过资料，知道朱鹮在这个地球上已经接近灭绝了。除了自然的因素，一部分朱鹮是被人类捕杀的。一种美好的鸟，一种佛音般的啼叫，即将告别人类，这是谁的过错？我真的不知道。我除了心痛，再也说不出什么。

我们不应当无视鸟的存在，而应当尊重它们的生命权。

闻鹤起舞。是的，鹤的发声器官——鸣管很发达，可以在它的胸部盘曲，像共鸣腔一样，发出的鸣叫声音洪亮遥远。"鹤鸣九皋，声闻于天。"淝水之战中，自以为投鞭断江的苻坚大败而逃，溃兵失魂落魄，闻听"风声鹤唳"皆以为追兵来剿。

凝神谛听鹤唳，显然不若百灵、夜莺等鸣禽婉转，但有着别样的清傲，让人产生一种苍茫的岁月之感。

杜鹃又叫布谷鸟，据说谷穗和福祉会随着它恳切的劝告翩翩而至。没人追究以往的血案，农人们满怀丰收的希望地聆听它的啼啭。并不是杜鹃带来了阳光和雨水，但它选择了适当的时候，选择了适当的声音，所有的功劳便尽归于它。

布谷鸟是一种农事鸟，对季节和农事的感应是十分敏感的。它的叫声清脆、简洁，音节分两节：布——谷——，布——谷——，在催促农人该到田里耕作了、下种了。麦子黄了，它会提醒农人"算黄算割"，意思是麦子黄一块就赶紧收割一块，不要错过时机。

我从春日里的一个梦里醒来，远处便传来布谷鸟的叫声，焦急或喜悦。它的韵律滑翔过农夫的精神田园，播下丰收的种子，那是被我的祖辈们称为吉祥的叫声。

我无法解释祖辈们区分鸟类吉祥和恐怖叫声的标尺，但大致的轮廓是白天的鸟叫是吉祥的，而夜晚的鸟叫是恐怖的。

伫 立

伫立，静静的，苍穹间弥漫着禅意的静穆。这是鸟赋予我的感受。

鸟的伫立，是在思想，是在眺望。我以为，鸟是有思想的，否则它的伫立就无从解释。和人类相比，鸟的眺望要宽阔的多。我们如何深入到鸟的内心，来感应它眺望的意义呢？

我家的墙外，长着两株香椿树。春天的枝条上，星星点点地生长出了嫩芽。一只燕子从高处坠落，像是自由落体，却轻快地落在树枝上。我以为它会鸽食那些嫩芽，可是它的头始终高扬着，面对着太阳，长时间一动不动。于是，我便明白了这是一种虔诚的仪式，表达着对太阳的感恩，就像基督徒饭前的祈祷。不断有小孩子来到我家的墙外，对树上那只燕子指手画脚，甚至掏出弹弓对它居心叵测。但是它很耐心，伫立在高高的树梢上，安静地等待着什么。

麝雉（Hoatzin）是圭亚那的国鸟，它是世界上现存最原始的鸟类之一。这种鸟是一个生物学奇迹，见证了鸟类进化的历程。麝雉主要分布于南美洲的亚马孙河流域，栖息在经常遭遇洪涝的雨林中，不善于飞行却擅长游泳，所以常常在水面上方的树枝上筑巢活动以便及时泅水逃生、躲避敌害。常常，它安静地伫立在枝头，几个小时一动不动，甚至连眼也不眨一下。相隔着遥远的世纪，我很难知道它伫立的目的何在。是精神的需要？情感的需要？还是求生的需要？它的伫立方式，为人类留下一个永恒的谜。

去年秋天，我去了宁夏的鸣翠湖。看见游人，许多失态的鸟慌忙转过湖边的一个弯，向高空飞去。一只野鸭，慌不辨向，踏水而逃。然而，我却看见一只苍鹭在距离游人不远的一根树桩上默默独处。它丝毫不理会游人的嘘声，昂首挺胸，和游人对视。

让内心平静的方式是孤独。苍鹭仿佛铭记着哲人的话，坚守着自我的孤独。我无法窥测到它内心世界，是失恋，还是迷途，抑或是被众鸟抛弃？它昂着的头颅，彰显出悠闲和洒脱。我恍然觉得，它的生命运行过程中，一定有着非凡的经历。

在鸣翠湖，我记住了这只苍鹭。它没有叫声，也没有飞翔的雄姿。但是，它的伫立，却令我震撼。我以为，它的身上凝聚着哲学的气象。

哲学，是沉静的、孤独的。于是鸣翠湖就驻留下孤独的记忆。

鸟儿落满枝条,就像圣诞树上挂满了礼物。《圣经》中讲到圣方济各可以以爱心召唤鸟群,教堂的彩绘玻璃上生动描画着这一美妙图景——这是宗教叙述中的温情。

悬崖顶端矗立着一只威严的鹰,它把宽阔的翅膀别在身后,如同穿着垫肩大衣的将军。伫立在秋风的悬崖上,它倾听着草木的颤动和岩石的呻吟,这便是禅意,人类感受不到的。它俯瞰着自由的王国,守护着英雄的家园。

鹰总是把卵产在空寂又险拔的崖顶。它的孩子一降生,就伫立在高远、孤绝的起点上。不错,现在它是脆弱的,但它终将是最坚强的,因为它是未来之王。

人和动物无法抵达的地方,鸟都可以光临。就凭这一点,鸟比人类懂的事情要多。

后来我知道,许多鸟是伫立着睡觉的。

迁　徙

鸟有留鸟和候鸟之分。

我们的身边,有些是此地的永久居民,有些只是匆匆过客。迁是移动,徙是搬家。

对候鸟来说，迁徙是生存的需要。

跟人不一样，候鸟有两个家，两个故乡。它的一生中充满对未知远方的好奇和不断更改生活的勇气。歌唱着，飞翔着，秋天的末班车就缓缓驶来了，候鸟即将远行。这些阳光与花朵的忠实信徒，这些充满诗情的浪漫主义者，这些不畏艰险的旅行家，就要踏上遥远的征程，迎接风雪、雷电、寒流的洗礼。这是怎样的旅行？这是怎样的壮怀？

一抬头，看见大雁在空中飞翔。大雁是出色的空中旅行家，每年春分后飞回北方繁殖，秋分后飞往南方越冬。每当秋冬季节，它们就从老家西伯利亚一带，成群结队、浩浩荡荡地飞到我国的南方过冬。第二年春天，它们经过长途旅行，回到西伯利亚产蛋繁殖。北方的领空，被大雁视为理想的征途。

大雁的迁徙大多在黄昏或夜晚进行，旅行的途中还要经常选择较大的水域休息，寻觅鱼、虾和水草等食物。大雁的飞行速度很快，每小时能飞68~90公里，几千公里的漫长旅途得飞上一两个月，途中历尽千辛万苦。如此的出行，实在算不上浪漫。

苍穹是心灵的影子，苍穹中有雁飞过，与白云同返故里。不过，我倒是希望大雁是被迫离家流浪，漂泊异乡，饱尝浪子的艰辛和离家的苦涩，大雁深悟其妙。大雁是有思想的，它的迁徙，是在无际的苍穹和遥远的地平线上探视属于自己的精神家园，也是在摸索自己心灵的影子，把内心风景的影子投射到身体之外。在宁静、旷达的风景中，大雁把握住了生命的本质。夕阳、骏马、皓月、帘幕、薄纱、轻雾……这些外在的事物，不过是它心灵折射出的景色。

高空中的大雁，是实实在在的物体，如果没有白云，就无法折射出它的影子。把大雁的影子收藏在心灵的一角，生命的意义就会攀到一个更为旷远的境界。

永远超越，是大雁生命的抉择。蔑视低俗，是它的价值观。

候鸟有着准确的时间规律，偏心的神把时序的秘密偷偷泄露给它们。冬天里的人们，不要丧失对温暖的信仰，抬头凝望寂旷的天空吧：候鸟终将飞来，这些忠诚的纤夫，将再一次把温暖的春天拉回。

鸟是天堂撒下的花籽。秋天的潮水退去，就像沙滩上留下了贝壳，留鸟驻守在它正在降温的家园。雪是大自然进行的一项残酷的游戏，它以优美的方式藏起了鸟儿们基本的口粮。饥寒交迫中，弱小的生命能贮有多少抗争的能量？对于拒绝移民的留鸟，生活提出了艰难得近于苛刻的要求。它们在近于赤贫的土地上，寻找着极为有限的供给——我看到枯干尖硬的槐荚，滑过喜鹊焦急的嗓音。

求　偶

　　大地回春，万物复苏，鸟类做着生儿育女的准备工作。为了吸引异性，它们精心梳理了自己的羽衣。雄鸟做的第一桩事就是抢占有利地形，在高大的树梢上引吭高歌，吸引配偶，它绝不允许同一类的雄鸟进入它的领地。倘若后来者要强行侵占，就会出现鸟类的战争，结果是胜者为王，败者忧伤。

　　鸟的求偶过程，完全是一种自我炫耀，用时髦的话说，是在展示自我。

　　在求偶时，鹤要进行优美的舞蹈仪式；啄木鸟则用细长坚硬的嘴急促地敲打空心的树干，发出类似快速击鼓的洪亮声响，迫不及待地向雌鸟倾诉自己的心声；野鸭、雁和天鹅的求偶表现是在水面嬉戏，做出各种各样的游戏和钻水姿势，不时击起高高的水花，传播爱的信息；雄鹬求偶时，先振翅青云直上，然后疾降，在俯冲之际张开尾羽，在气流的震动之下发出好似羊叫的声音，这别具一格的求偶方式，如此的张扬，让求爱的仪式变得明快而热烈。

　　松鸡科的鸟类有一个固定的求偶场地，也可称为交配中心。一到繁殖季节，雌雄鸡就从四面八方赶到这个情场。每天破晓，雄鸡开始登台表演了，它突然收缩胸肌，把囊内的空气压迫出去。突然迸发出的强大气流，振动食道和口腔的壁，发出清脆的"砰"的一声巨响。它就这样不断地吞吐空气，发出有节奏的"砰、砰"声以招引雌鸡。然后，它将脖子上的白色羽毛竖起来，把一根根长长的尾羽直翘朝天，大摇大摆地在雌鸡群中往返穿行示威，并与进入这一块领地的雄鸡激烈地格斗，最后一名胜利者，自然收获了雌鸡的爱情。

情场的决斗，鸟类显然比人类更胜出一筹。

孔雀展开灿烂的尾屏，这是它独特的求偶方式。与其他鸟不同的是，孔雀不诋毁也不攻击情敌，不追逐也不强迫爱人，它只是依靠自身的魅力来吸引对方。这是绅士的求爱方式：含蓄、文明、自尊。它懂得女性的心，为其大唱情歌、殷勤送礼，还会温情为女伴梳妆。婚后，在做家务、孵育与哺养孩子方面，这位细心的爸爸也甘愿做出牺牲。雄性孔雀，它竟然具备着母性的光辉。这，也许是它爱情的魔方。

鸳鸯是文学作品中的爱情鸟。数千年来，鸳鸯承载着人类的爱情童话，它止则相偶，飞则相双。《古今注》中称："鸳鸯雌雄未尝相离，人得其一，则一者相思死，故谓之匹鸟。"据说，鸳鸯中的一只如果失去了伴侣，另一只绝不会再寻另外的伴侣。这样说来，鸳鸯的爱情，是天地间的大抒情。

不知古时的鸳鸯果真保有纯朴的爱情，还只是人们借鸳鸯承载自己的浪漫遐想，为千秋后代人对鸳鸯理解蒙上了一层浪漫之光，甚至树立了童话般的爱情信仰，让他们愿做鸳鸯不羡仙。

我固执地以为，人类所具备的一切情感，鸟类都有。

鸟类中有九成是一夫一妻制。另外那一成呢，注定会有婚外恋，会有第三者插足。算了，没有必要谴责，还是尊重它们的隐私权吧。

宠　臣

鸽子既可以自由飞行，又可以随时回到主人的笼内，享用唾手可得的口粮，这其中涉及鸽子的生存策略。鸽子意识到必须牺牲局部的自由，来谋求现实的生活保障，于是它过着空中与笼内的两栖生活。这为它带来了实惠，它不必像其他鸟那样风来雨往，四处奔波，只低低地飞上两圈，便安逸地走动起来，或懒懒地晒晒太阳。它不会被冬天的饥馑逼到绝境。我们可以发现鸽子的秘密，就在于它找到了一个巧妙的支点，得到双份的好处。

鸽子飞行的表演有在主人面前展示与取悦的意味，它归巢的守诺是对主人服从与依靠的表白。从广泛的经验中，我们日益提炼出世俗生活的秘方：降低精神生活的高度，可以弥补物质生活的匮乏；减少灵魂的成色，可以丰富肉体的娱乐——这就是生存可悲的等式。一边是现实的，一边是空灵的；一边是短视的，一边是高远的。两者之间的取舍决定了命运的路数。虽然选择后者可能会由此沉入个人悲剧之中，但我多么震撼于那种对理想忘我的捍卫。

在我看来，鸽子的妥协与投降有悖于鸟的气节。

鹦鹉也应该归入人类宠臣的范围。鹦鹉的发音在人类的耳朵听来，反映出的大约是"英武"两字。它有一个似乎被钳子拧过、受过外伤的嘴，上下厚薄相差很大，是小姐们化妆起来的唇形。但就是从这张形态奇异的嘴里，说出"你好"，然后是"再见"——它把双方交往的历史压缩到最短。动物中，只有鸟能模仿人类的语言，鹦鹉是其中的佼佼者。有资料说，能力超常的鹦鹉甚至能够掌握部分语法，并灵活运用于语言的再创。

笼中的鹦鹉，离开了自由的鸟群部落，置身于人的异族社会，它们以"外语"能力来谋求生存的地位和荣誉，母语反而被遗弃。

一位朋友家里养了一只鹦鹉。它留着大背头，颇有点知识分子的模样。他给那只鹦鹉照了张相，放大成十八寸，装裱了挂在客厅的墙上。那天朋友过生日，邀请了许多人去祝贺。进了屋子，我吸吸鼻子，闻得见他的家里满是鸟的味道，那是一种异类的呼吸。朋友让那只鹦鹉用英语为其唱生日歌，其谄媚的嘴脸让我为它委屈。它放弃了母语的主权，心甘情愿为人类充当宠臣。乖巧而善解人意的鹦鹉啊，你心灵的词典里只有两个字：屈服。

朋友们在恭敬地聆听着鹦鹉的歌唱。在世俗的热闹中，我却在皱眉。我分明听见，它的叫声像是肺结核病人的咳嗽声。可以肯定的是，笼子并不能隔绝它的记忆。它注定会有回忆的痛苦。它的梦，是否还有青草和树叶的味道？是否还有风和雨的狰狞？是否还珍藏着它的初恋，它的情殇？

我想，那个竹做的笼，并不是它的天堂。

百灵鸟生活在内蒙古辽阔的草原上，以其自身的存在维持着生态系统的平衡。它们音域宽广、音韵婉转，能学十种鸟叫。蒙古族歌曲中称"百灵鸟双双地飞是为了爱情来唱歌……"它在歌唱时，常常张开翅膀，跳起各种舞姿，仿佛蝴蝶在翩翩飞舞。遗憾的是，人类利用了它们的美来装饰自己的私欲。百灵鸟嘹亮悦耳的歌声也给自己带来了厄运，在百灵鸟的繁殖季节，有人大量捕获百灵的幼鸟，装进笼子带回家，让它成为家庭的一员。

还有许多鸟，充当着人类精神的贵族。只是，我叫不出它们的名字。

我不喜欢那些提着鸟笼的老人。他们不需要性欲了，于是把自己的意志强加于鸟身上，还让它们失去自由。没有性欲，没有自由，那这个鸟为啥还欢快地啼叫呢？

己所不欲，勿施于鸟啊。我就迷惘了。

我常常疑惑：鸽子、鹦鹉、百灵，它们是否为失去自由悲伤过？

当然，也有不愿接受笼养的鸟儿，比如大雁、老鹰，还有苍鹭。丧失自由，嗟来之食，是对它们人格的侮辱。它们的精神里，蛰伏着不愿充当宠臣的倔强。它们必定是世俗的叛逆者。

服　丧

猫头鹰因为外貌丑陋，叫声恐怖，被称为"恶声鸟"。小时，祖父总是提醒我时刻警惕猫头鹰的叫声。祖父和我在一个炕上睡了十三个年头，我甚至能感受到他骨头里的气息。一提到猫头鹰，他的脸上就布满恐惧——那是只有我才能捕捉到的信息。

猫头鹰的叫声预示着灾祸。那时村子里一切的不幸仿佛都与它有关，死人、患病、庄稼的歉收、牲畜和家禽的失踪……猫头鹰被乡下人视为生存的仇敌，它的啼叫是阴谋诡计，甚至祸国殃民。我幼年时根本没有见过猫头鹰的形状，令我无论如何对它产生不了本能的仇恨，但它莫须有的叫声却常常填充我的噩梦。

还有一种声名狼藉的鸟：乌鸦。在我的家乡，黑夜里乌鸦的叫声，也被乡亲们视为不祥的预兆。它的叫声里散播着一种悲伤的音符，有一种诅咒的成分。难怪乡下人把那些讲话难听、令人厌恶的人叫"乌鸦嘴"。

乌鸦喜欢在墓园、坟地安营扎寨。它的翅膀是黑的，好像一块形状奇异的黑纱，散布着死亡的悲剧氛围。它和死亡是心有灵犀的，谁家的老人死了，乌鸦便来报丧，围绕着主人院子的树枝盘旋。据说乌鸦是死神的仆吏，专门负责传送唁电，谁家门口的树上集合着乌鸦，说明这家刚刚失去人丁。乌鸦喜欢在墓园建立集体宿舍，它们似乎迷恋这里的气氛。置身于坟地，我们通常感受到的那种悲凄、忧伤的气氛，是乌鸦营造出来的生命背景。

乔叟在《坎特伯雷故事集》里倒是替乌鸦辩护过，他说："乌鸦是一种由于说了真话而无辜受罚的动物。"乔叟鲜为人知，于是，在寓言里，乌鸦只能重复着反面角色。

我们不得不承认一生中的宿命因素。比如残疾婴儿，从起点就注定他更曲折的成长。乌鸦因为天生的遗传原因，使它的形貌受人歧视和贬斥——就像在持续的心理伤害中长大的孩子，不难理解它为何变得这么乖戾。

在我的意识里，乌鸦的恶，是人类的臆想。从一种鸟的色彩来判断它的本质，这同样是人类的恶习。换个角度想，人死了，乌鸦来服丧，这有什么恶意呢？

可是，几千年来，人类的文字记载总是在诬蔑乌鸦，诅咒乌鸦，可是它并没有破坏人类的秩序，也没有给人类带来灾难。反倒是，人类在装饰着自己羽毛的同时，展开着自相残杀。

我无意中发现，喜鹊也喜欢墓葬之地。那儿高高的树杈上，随处可见它们的家宅，也许因为这里死者寂寞，可以保证它们及子女的安全。人们很少提及喜鹊的家庭住址，即使听到喜鹊在公墓里大声喧哗，也把它当作布道的牧师，让它把那些苦苦奔波的浪子，接回死亡宁静的故乡。

我静下心，谛听喜鹊的叫声，隐约觉得，它的叫声里有种特殊的音符，宛若《圣经》里的句子。

我有点奇怪，喜鹊既然带着"喜"字，似乎不应当与丧事有关。

我总觉得，服丧鸟是有人性的。起码，它们比那些碰到人类的丧事还在唱着情歌的鸟儿懂事。

平 民

和人类一样,鸟也有贵族和平民的区别。我的意识里,天鹅、孔雀、白鹭应该归入贵族,而麻雀、乌鸦、斑鸠应该算是平民。很难说清这种区分的理由,总之是,后者更接近人类中平民阶层的感情和生活。

麻雀的身上,总是带有一种泥土的气息。落叶色的羽毛下,是它们毫不起眼的躯体,让它先天就注定了平民身份,无法为自己赢得美誉。长相平民,生命力强——这是麻雀的真实写照。因为普通,它飞翔的高度恐怕是鸟类最低的。如此,它也就喜欢和人类朝夕相处,把窝巢建在屋檐下或者一些旧的建筑,比如破庙、祠堂、碾坊、戏楼。

寄人篱下,于人类是一种悲伤,对麻雀来说,却安全、快乐。在它的生存词典里,大概人类是最具善心的动物,于是它做出了明智的抉择:亲近人类。没事的时候,它们聚在一起议论着屋主人家里的秘密。白天和黑夜在这老宅所发生的一切,都躲不过它们的眼睛。

麻雀在关注着普通人的生活,或喜或忧,都是老百姓的情感。

麻雀唧唧的叫声,好像在吐着"饥"音,总想找东西填饱肚子。现在,一想起童年时的饥饿感受,我便替麻雀们忧伤。

我的祖母是一位瘦小的妇人，但她喜欢猫呀狗呀的动物，对屋檐下的麻雀，也有着一种特殊的情感。每次碾过谷后，她会在老屋的窗台上为麻雀撒上一些。窗台面积窄小，麻雀们便利用了紧挨窗边的一棵拐枣树。一只麻雀衔走一粒粮食，会马上返回树枝上。数百只麻雀，就这样不知疲倦地在树枝与窗台之间穿梭着，形成一场褐色的疾雨。

　　二十世纪中期，一场消灭害虫的运动铺天盖地而来。可是，祖母却舍不得捣毁屋檐下麻雀的窝。麻雀懂得感恩，对救助过它的人，它会表现出一种亲近。有时，祖母闭目在拐枣树下小憩，它就会落在祖母的肩膀上。安详的、柔和的目光，仿佛在感应祖母的心跳。

　　我也学着祖母的样子给麻雀撒谷粒，不过是撒在了地面上，上面用木棍儿支着筛子，绳子的一头拴在木棍上，另一头在我的手里。受谷粒的诱惑，麻雀钻到筛子下时，我便迅速拉动绳子，这样就俘虏了一只活生生的麻雀。捕获麻雀，是童年最快乐的事情，用火将它烤熟，牙齿、口腔、肠胃，就都拥有了幸福的感觉。

　　我是捕捉到了一只。它仿佛认识我，目光里有着令人心碎的愤怒，还有乞求。可是，我只是愣了那么一下，就把它丢进了火里。那只麻雀被我俘虏的过程，它的家人是目睹了的。此后，我再怎么煞费苦心，麻雀们也不肯上我的当了。我放学回来一进院子,正在院子玩耍的麻雀就惊恐地飞向树梢,让我怅惘。

祖母是在屋檐下去世的,那年她七十三岁。"七十三,八十四,阎王爷叫你商量事。"这是乡下的民谣。吃过午饭,祖母坐在门口的凳子上打盹儿,忽然就栽倒在房檐台上。那会儿,父亲不在家,母亲在屋后喂猪。那些麻雀惊叫着飞向猪圈,在母亲的头上盘绕,仿佛向母亲报丧。

那样的情景,是母亲后来意识到的。她在向我诉说时,目光里有许多的迷惘。

在鸟的世界里,我不知道是否还有比麻雀更人性的鸟。

还有斑鸠。它喜欢草屋做的顶,那种柔软和芳香混合着农人的呼吸,让它感受到了生命的根。真的,我很少看见斑鸠蹲在富人家的豪宅顶上唱歌。它的歌唱,是对生命的礼赞,是对劳动者的颂扬。

燕子生活在人类聚居地区,喜食昆虫,是很有人缘、很有平民意识的鸟。它喜欢把巢筑在普通人家的屋檐下,衔来几根草叶、几片羽毛、几块泥土,加上自己的唾液,就做成了简陋的住宅,仿佛乡下人的土屋。它们栖息、生儿育女,那就是家的概念。燕子的叫声为响亮粗哑的啾啾声,是长期在田间劳作养成的习惯。

《诗经·燕燕》里说,"燕燕于飞,差池其羽。之子于归,远送于野。"正是因为燕子的这种成双成对，才引起了有情人寄情于燕、渴望比翼双飞的思念。它是古典诗词的常客，或惜春伤秋，或渲染离愁，或寄托相思，或感伤时事，意象之盛，表情之丰，非其他鸟类所能及。

燕子的食物，是危害农作物的昆虫，比如蝗虫、蝼蛄、金龟子、夜蛾幼虫或松毛虫等，所以，乡下人把它视为益鸟。但是，有时它也像一个喜欢玩恶作剧的孩子，偷吃谷类与植物的种子。想着小时的自己，潜入田野，摘着刚刚长出颗粒的玉米棒子，还有嫩绿的豌豆角。馋嘴不仅仅是因为饥饿，还有农村娃的调皮捣蛋，我想，燕子也是。

"锄禾日当午，汗滴禾下土。"赤身的农夫喘口气，用手臂抹去脸上的汗水，突然看到成双成对的燕子跳跃追逐，捕食害虫，眼睛里就饱含喜悦，劳作的辛苦便会化为甘甜。

燕子的鸣声，也就被乡下人视为吉兆。

夏日物象

蛙　鸣

信手翻书，无意间就看到与蛙有关的文字："稻花香里说丰年，听取蛙声一片。"这是辛弃疾的《西江月》，感觉里，就像回到了乡下的岁月。

春天的时候，我见到的是蝌蚪，黑黑的身子，在水里傻乎乎地摇摆。那时，我无法把它和青蛙联系起来，以至于，后来有人告诉我青蛙是蝌蚪变的，我还半信半疑。

稻麦扬花的季节，一场透雨过后，曲峪河的蛙声此起彼伏。

最早的蛙声，是从童年的记忆中飘逝过来，它是我生命中的第一声蛙。在懵懂的童年思维中，蛙声留下一种美妙的旋律。

少年的夏天特别安静，宛若心灵里寂静的花园。现在，稍一静心，仿佛听到蛙在心灵的某个角落鸣叫。那是庞光镇西边稻田里的一个水潭，安置在稻田中央，水面浮着好看的花，陪衬着绿叶，几只蜻蜓，张开翅膀，在花叶上叼食阳光的影子。忽然，水面下起了蛙声，起初是一声，其后是相连的数声，再后来形成偌大的一片。花和叶，有节奏的颤动，遮掩了间隙的水面。风也匆匆赶来，池塘的阳光就拼命地摇荡。

那会儿，我坐在水潭边的柳树下。一只青蛙跳上了岸，那家伙碧绿的身体上布满了墨绿色的斑点，白白的大肚子像是充了气，一鼓一鼓，圆鼓鼓的眼闪着晶莹的光。我俯下身子想捉住它，回去用水养起来，它却做了一个跳跃的姿势潜入水潭，水面上荡漾起一圈涟漪。那个瞬间，失落的情绪随着涟漪在我的身心旋转。

这种对景物的感觉，是从童年的思维中绵延流淌的。这种感知凝聚成一幅画面，让童年的我进入了一种无序的生命状态。法国生命哲学家柏格森认为，宇宙的本质不是物质，而是一种"生命之流"，即一种盲目的、非理性的、永动不息的而又不知疲倦的生命冲动，它永不间歇的冲动变化，故又称"绵延"。那一刻，我匍匐在池塘边，一颗童心进入绵延的生命之流。

那幅画面，后来就在我生命的长河中挥之不去。人的一生，积存着诸多烦恼、孤独和沙漠般的空旷，影响着生命的进程，动摇着某种执着的追求，以及信念。我躺在某个角落，尽力排除外部环境的干扰，任思维自然流淌。我此刻的状态，完全进入了精神的世界，迈着舞蹈家般轻盈的步子穿过庸俗的人海，走向心灵的目的地。不经意间，童年那幅画面就从心海泛过，蜻蜓、蛙声、清风、阳光,还有间隙的水面,这些都在慰藉着结满伤疤的心灵,呼唤继续前行的意识。闭上眼,让肢体舒展开,摆成青蛙仰面的姿态,脑海里此起彼伏的蛙声激荡开来。

蛙节奏鲜明的叫声,似乎在鼓励我:"走啊——走啊——"

许多的岁月逝去了,我依然在用生命的忠诚,守护着童年那个珍贵的细节。

生命的运行中,我常常会感到空寂。瞬间,一只青蛙就神出鬼没与我对视,安慰着我的灵魂。

对我来说,二十岁是一个敏感的话题。理想和现实冲突着,我无法从生命的迷茫中突围。高中毕业了,那时推荐上大学,轮不上我,就只有下地干活。我身材瘦小,不堪忍受那近乎原始的田间劳动方式,疲惫的躯体,在田野拉下逃亡般扭曲的影子。我陷在自然环境的泥淖里,听不到任何救援的声音。而且,我痴心的女友随意地向我关闭了情感的闸门,似挥去一抹轻烟般若无其事。

忽然想起童年稻田里池塘的蛙声,于是一个麦收之后的傍晚,我去镇子西边寻找那面水潭。奇怪,它莫名其妙地失踪了。不甘心的我循着一条小溪毫无目的地行走,蜿蜒的河水把我的双足牵引至下游。我完全是无意识地跟随着水流行走,不知道它要引我走向哪儿。

那路程很漫长,仿佛我二十年中走过最长的一段。我绕过一个村庄、两片竹林、三座小桥,走着走着,我就面临着环绕着树木、草丛、沙堆的一面水潭。这是曲峪河下游的一个拐弯处,河水在这里淤积静止。我确信,水潭里潜伏着无数只青蛙,它应该有心灵感应。果然,在风的召唤下,水潭里的蛙声响起来,热烈、雄壮。

依然是童年稻田中央水潭里蛙的那种叫声:"走啊——走啊——"

在蛙声的鼓动下,树上的蝉也呐喊起来,许多小鱼儿跃出潭面,击破了水的宁静。片片鱼肚白似生命的音符,滑翔过我青春的天宇。

我又一次聆听了激越的蛙声。相比童年里的记忆,它成熟了许多,壮怀激烈,仿佛青春和生命的鼓点,添加了丰富的生命含义。

我脱光衣服,纵身跃入潭水。身体和水面相接的一瞬间,我听到一声巨响,与此同时,蛙鸣和蝉叫一起沉寂,水中的鱼儿惊慌失措。

也就是那个傍晚,壮怀激烈的蛙声给了我解读生命方式的启迪:"走啊——走啊——"

二十岁那年的蛙声,渐渐就成为我生命的支点。

再后来,我走进城市,迷失了蛙声。但这种迷失只是客观的，而在属于主观的精神状态里，我常常感受到蛙声。一个夏日的梦中，蛙鼓着眼，瞪我，从我的面前爬过。忽然，它停下来，回过头，鼓鼓的目光带着某种期盼，我知道，它在为我做着某种心灵的暗示。

梦中醒来，我第一个念想就是出城听蛙。

那个下午，我在秦渡镇东边的沣惠渠边找到了目标。那是很大一片被淘沙者遗留的坑，荒草、芦苇和沙堆将这些坑隔离开，排列着无数的垂钓者。两手空空的我，躺在沙堆的高处，虔诚地等待蛙声。

傍晚，垂钓者相继撤离，我依然在坚守。我确信，芦苇、荒草与水的接连处一定藏着许多绿色的蛙。无数的岁月已经磨砺了一种意志与毅力，我有足够的耐心迎接蛙声在生命中的再现。

在月光的迷离中，我期待的蛙的合唱终于出现了，宛若为我精心准备的演唱会，此起彼伏，浑然天成。静心，有一只蛙在距我一米远的草丛中鸣唱，叫声执着、悠长，是我灵魂中苦苦坚守着的一种旋律。我怀疑它是我少年时跳进庞光镇西边稻田里那个水潭中的那只蛙，尾随着我的生命运行，一直到现在。

蛙声的合奏几分钟后戛然而止，只留下我身边的那只蛙的独唱。它一声一声地缓慢了节奏，浸漫着悲壮，仿佛为我的生命送行。等到那只蛙静息时，月亮已升至中空。水面晶莹地映出我的心灵，宛若一只绿蛙的色彩和形状。

聆听蛙声，成为我夏天里珍贵的生命细节。远离了乡村，我才渐渐悟出：蛙声不仅关乎农事，关乎民情，也关乎心情。辛弃疾的词将"丰年"与"蛙声"衔接在一起，正是映射出农人的情感。在农人的喜悦里，我一次次走出居住的小城，寻找一条河流，或者一片池塘，聆听蛙声。壮怀激烈的蛙声，让我捕捉到生命的本质。它们让我懂得，生命不是沉沦。

蛙的叫声，内涵一种铿锵的力量以及昂扬的精神。夏日听蛙，对我来说，起初只是生命的迷恋，后来渐渐成为精神的指南。在蛙声里获取生命的解读方式，是我夏日里的收获。

夏　花

生如夏花，这是印度诗人泰戈尔的比喻。在一首诗的"题记"中诗人写道："生命，一次又一次轻薄过，轻狂不知疲倦。"接下来，诗人以草木喻人："我听见回声，来自山谷和心间，以寂寞的镰刀收割空旷的灵魂，不断地重复决绝，又重复幸福，终有绿洲摇曳在沙漠。我相信自己，生来如同璀璨的夏日之花，不凋不败，妖冶如火，承受心跳的负荷和呼吸的累赘，乐此不疲。"

将生命的意义交付给夏天的诗人，其内心燃烧着怎样的生命激情？

"我像村里最年轻的人一样年轻，像村里最年迈的人一样年迈。"这是泰戈尔人生的定位、生命守望，字里行间，填满了对乡野的忠诚，"对于你，我犹如黑夜，小花朵儿。"

在我看来，泰戈尔永恒的诗篇是奉献给乡野的鲜花，而他本人，则更像是手捧鲜花的土地求婚者。

是泰戈尔的"生如夏花"这句，纠正了我长久的一个误区：草木都是在春天开花的。

这个误区，源自于年轻时所崇拜的一首首诗。它们几乎都在发出同一个声音：春花烂漫。

为了印证泰戈尔说过的话，我开始了认真、仔细地观察和寻找。用生命的一部分精力来验证"夏花"这样的词语，在我这还是第一次。

那样的过程，我充满了愉悦和幸福。

夏为大，至为极。夏至的节气中，阳气达到极致，我要说的天下草木，在这个节气里也繁茂到极致。

三年前的那个夏至日，我记录下我所居住的小城里一些开花的草木，现在晒出来见见光：

农技中心院子里的紫薇花绽放了，最先绽放的是白色的那种。人无千日好，花无百日红，然而紫薇的花期听说可以长达三个多月，可以说是百日红了。晚上，打开席慕蓉的《一棵开花的树》才明白，那些怒放的紫薇，原本是一个等待爱人眷顾的女子。

文化馆门前的木槿也开花了。从某种书上看到，绽放的木槿花到晚上会闭合，第二天再展开花瓣，真想与它相守一夜，瞧瞧它闭合的整个过程。还有合欢花，也开了好久了，没有想到，夏至前的一场雨，会让它绿色的羽状复叶更加秀雅，花色更加娇嫩，让我眼前一亮。

文庙广场公园的睡莲开放了，红、粉黄、白色三种。绣球花、马缨丹开得艳丽，还有紫叶的酢浆草，花是淡紫色的。李氏牙科门诊所的院子种着凌霄，橘红色的花朵引我注目，想不到，凌霄的花期居然会这么长。画展街路边绿化带里面的萱草，黄色的花朵如燃烧的火焰。夏至已到，散乱的草茎上，最后的小花依然如鹰喙般倔强。

原始的草木自然是在城外。出城向东，在田地边看到了黄茎菜、猪毛菜，还有正在开花的马兰花，长满刺的蓟菜。路边的一个枯井，被一种俗名叫"马齿苋"的野菜围裹。一片樱桃地里，夹杂着喇叭形的打碗花，绿色的叶片上闪烁着晶莹的露珠……潭峪河两边，生长着一种叫苘麻的野生植物，在小暑的节气里结果。这个曾经穿梭在《诗经》的草木,古时被人们作为衣着原料,但由于纤维品质不及苎麻和大麻,后逐渐变为制造绳索和包装用品的原料。其亚灌木状的形态,使得每棵苘麻都能营造一片清凉,为昆虫提供了一个纳凉避热的小天地。它的花朵是黄的,蕊也是黄的,密集成片,黄灿灿的视野迷乱人的目光,犹如美妙的幻觉。

在寻找夏花的过程里,童年的一些记忆浮出脑海。童年,我是在沣河边的秦渡镇度过的。镇子上许多人家的院子里都种着一种叫鸡蛋花的植物,不是鸡蛋,是花。花瓣的颜色是这样的:五分之三是白色,从外叶面渐渐过渡到花心,花心是淡淡的轻柔的黄色,外面的白色像蛋清,里面又像蛋黄,这就是花名的缘故了。一到夏天,鸡蛋花香的味道会飘满小镇。依稀记得,西街的拐角处,一棵鸡蛋花树的枝叶从别人家的院子里伸出来,缀满花的树冠在风中轻颤。每每从下面经过,香气就在头顶飘散。夏天的阳光越盛,花的香味就越浓。风一吹,娇羞的花悄无声息地朵朵落下。我弯腰捡起一朵,手摸着,有点绒布的感觉。

在阅读泰戈尔之前,我是很少观察大自然的人,只是沉浸在东西方哲学的书页里。三年前的那个夏天,在观察了小城的草木开花之后,我才猛然发现,我所居住的小区里的那棵石榴树,原来是在夏天里打开花朵的。小小的、红艳艳的花,带着皱皱的帛的质感,羞答答地从叶丛间探出来。这样的景致,我见过好多年了,印象里却总以为它的花期是在春天。

对一些司空见惯的物象,人们往往不留心,保留着错误的认知。

去年初夏,我在写着一篇关于伴地莲——又名葱莲的散文。那名字虽然动听,其实不过就是一种野草。对野草我没有研究,就照着书上描述的样子在田野里寻找,终于还是分辨不了。于是,我给一位画家朋友打电话,他说正在涝河东岸的一片荒草滩作画。我想起来,他曾告诉我,他的夏天大多是在野外过的,他画过的野草野花就有上百种。他说你来呀,这儿遍地都是,都才开花。

我满脸汗水地赶到,他用画笔指着脚旁的一棵草说:"就是它。"

我蹲下,虔诚地俯视着它:葱一样清秀碧绿的叶子间,伸出不足指甲大的白色小花,迎着夏风轻盈摇晃。其实,它普通的长相我是屡见不鲜了,田间、地头、山坡、沟畔、河边到处都是。只是,我从来没有留心过它是在夏天开花的,而且花期贯穿了夏天的始末。

夏天开花的小草有多少呢?如果不是植物方面的专家,很少有人能给出答案。

是的是的，沉陷在庸碌或是功利之中，谁会在意脚下一棵野草的开花呢？

从此，对于夏天，我喜欢使用"打开"这样的描述。

冬天用什么词呢？收缩。

农人喜立夏，他们盼望了一个冬春的小麦开始抽穗扬花、灌浆。小麦的花朵，实在渺小不过。盛开之时，也不过像细碎的晨露，宛如刚刚落下的霜花。北方宽阔的大地上，一望无际的麦花，仿佛精神图腾的图案，与农人朴实的生命息息相关。

夏日开花的不仅草木，还有如花灿烂的女孩们，尽情绽放自己身体的芳香。街头，走过打着遮阳伞的少女，她们穿着超短裙，戴着遮阳镜，露着肚脐窝，开怀地笑。看看她们的脚吧，不穿袜子，脚趾甲涂抹得五颜六色，清凉的冰蓝、娇嫩的粉红、神秘的深紫、富贵的粉金……脚指头一个比一个更急不可耐地想出风头。还有的，在脚腕处缠绵地绕着一根精细的足链。夏天的风情，便都归于足下了。

我有时想，夏天像是专为女孩们设计的。

令我欣喜的是，现在，不仅女孩儿，有的中年女性也开始朝着年轻化去了。只是，她们不像女孩儿那般用大红大绿装饰自己，而是从头到脚都使用淡色、浅色。如果说，女孩儿将自己打扮成玫瑰、牡丹，而中年女性们则是丁香、百合。

对那些把自己打扮成花朵一样的中年女性们，我从不皱眉指责。既然活着，就要如泰戈尔说的那样："生如夏花之绚烂。"

荷 花

夏日里，还有一种品相特别的植物开花了，那就是荷花。

我之所以把它单独提出来，完全是出自于我的个人嗜好、情趣，以及其他。

从朱自清的《荷塘月色》里，我爱情上了荷花。我以为，它不仅仅是"出淤泥而不染"那般的洁净清纯，更是蕴含着中国人某种审美的理念。朱自清对月下荷花诗情画意的描绘，用强弱、高低、节奏、旋律等有规律的变化来表现荷花与月色，宛如写意画，简淡空灵，达到了人和自然的融合，美和善的统一。

朱自清移情于形，以音乐、舞蹈拟景、绘情。袅娜的花舞，光影和谐的音乐旋律，把如画的心中荷塘推向极致。中国的琴曲，大都以山光、云影、松竹、林泉以及世外渔樵为题材。文中把塘中月色比拟成"梵婀玲上奏着的名曲"，实在是恰切不过。

《荷塘月色》的成功，在于文章准确地体现出了中国人的文化基因和精神品质，这些基因和品质，是千百年来凝聚在中国人灵魂深处的东西。因之，我们阅读的时候，能够引发共鸣。

朱自清应该感恩那片荷塘，以及荷塘的主人荷花。

七岁前，我在秦渡镇度过童年。老屋的门前有片荷塘，被一些弯腰的柳树围着。立夏的节气里，我喜欢睡懒觉。母亲喊着我的小名，说荷的角角都出来了，你还睡得什么觉？我一骨碌起身，连鞋子也顾不上穿就奔到荷塘边。我看见，水塘中片片新绿托举起圆润的尖角，寂静的水面只有微风吹拂的阵阵涟漪。

我很喜欢南宋词人杨万里。他的《小池》写得简直妙极了："泉眼无声惜细流，树荫照水爱晴柔。小荷才露尖尖角，早有蜻蜓立上头。"一道细流缓缓从泉眼中流出，没有一点声音，池畔的绿树在斜阳的映照下，将树荫投入水中，明暗斑驳，清晰可见。一切都是那样的细，那样的柔，那样富有情意地展示着明媚的初夏风光。一个泉眼、一道细流、一池树荫、几枝小小的荷叶、一只小小的蜻蜓，构成一幅生动的小池风物图，表现了大自然的万物亲密和谐。

小荷才露尖尖角。这是诗眼，其他的景物皆是陪衬。泉也罢，树也罢，蜻蜓也罢，如果缺少了这"尖尖角"，那也只能是平常不过的物象。

荷花绽放之前的尖尖角，不同于任何植物的物象。哪点不同，也说不清，总感觉有水的幽灵，嫩绿得没有一丝污染，滋润人的眼目。好多次，在荷还未露角的时候，我守在它的身旁，想看见它蹦出来的那个瞬间，然而总是难以遂心。荷尖的蹦出，仿佛禅意的流淌，不让人捕捉到。

不经意间的荷尖，像我少年稚嫩的心思。蜻蜓不知从何处飘来，在荷尖上盘旋。荷尖和蜻蜓，诗人杨万里发现了夏日里大自然最惬意的组合。其情其态，照应着中国传统文化里的玄机。

不知不觉中，荷的尖角渐渐舒展，如破角的铜钱，过了几天又如薄饼平铺在水面上，为一块碧玉镶上一个个圆纹。再过几天，荷茎离开水面长高了，叶子也变宽了，高低错落的荷叶淹没了水面。这一切，又是不经意间完成的。

风吹荷塘，很有趣味。少年的夏日，我在荷塘边傻坐。我看见了什么呢？风的手掌轻轻拂过，雨就来了，荷叶如片片绸缎抖动，又似道道绿色的电波。我清晰地听见了雨打荷叶的声音，沙沙地响，宛如蚕食桑叶的那种声。

人过中年，我忽然悟出仿佛心灵里曾经闪现过的声音，岂止风吹荷叶声有种禅意，雨水滴落在荷叶上的那种颤抖，也摇曳着我的心。叶面上聚拢的雨滴，一颗颗，一珠珠，宛如玉盘。珠子滚落水里，犹如白居易所言："大珠小珠落玉盘。"

工作以后进了小城，夏日的傍晚不经意间走向城西的涝河，荷塘片片新绿，托举起圆润的尖角，将我的心扉打开。片片荷叶如绿色的伞盖,如美人的团扇,便想到清初画家石涛的诗句:"荷叶五寸荷花娇,贴波不碍画船摇。相到薰风四五月,也能遮却美人腰。"风起处,荷叶婀娜婆娑,似乎要给身下的水,给身边的景,营造出清凉舒适的环境。

中年的夏日里,如果拥有足够的闲暇,我会去终南山下的金峰寺,不仅是因为寺内适宜心境的气氛,还在于寺门外池塘里灿烂的荷花和鲜嫩的荷角。我正在那儿读书、思考,忽然,隋朝诗人杜公瞻写荷的句子忽然跳进脑海:"名莲自可念,况复两心同。"读过不少文人墨客写荷的诗句,唯有这两句,却烙印在了记忆里。作者不仅在写荷,还在照应着赏荷人的心境。

放下书本,蹲守水边,我的思绪随着水的荡漾,恍惚中自己幻化为一枚荷尖,一朵荷花。

我去过苏州无数次,每一次都是匆忙。苏州的刺绣、园林、流水,那玲珑的女子,那委婉的弹唱,都让我这个北方汉子挂念。可是没有充分驻足的理由,只能走马观花。直到2010年7月,因为陪母亲在苏州治病,这才有机会在苏州住了些日子。城里已经没有了游览的兴致,于是在表妹的引荐下去了黄桥。表妹读过我的许多文章,知道我的喜好。晚饭时,她诡秘地笑着说,晚上带你去个更好的地方。

饭毕,她带我去了黄桥荷塘月色湿地公园。好大一片湿地,在夜灯的映照下晶莹如玉。"千亩荷塘飘雅韵，万双彩蝶醉花丛。"想不起是谁的诗句，为黄桥的湿地公园做了最恰当的描述。江南、水乡、黄桥、荷香、蝶醉，这特有的清丽意境，浓缩在这两句诗中。一大片绿铺天盖地，漫延无际，倒映水中，层层叠叠，似琼台楼阁。表妹告诉我，春秋时期，这儿是楚相春申君黄歇的封地，在这片湿地引种了楚地莲藕。后越国大夫范蠡弃官隐迹在此，凿河泄洪，围荡养鱼。现在这里的荷花品种有一百多个呢。我笑着说那就是荷花的王国了。

有月升起，远近的荷花沉浸在月色里。起初，月色不是很明亮，荷塘呈现出一种朦胧的美，荷花仿佛承接着天落的水，在清风的吹拂下忽左忽右摇晃，大大小小的水团也跟着摇晃。这很对我的心思，摇曳的心随着月光的蔓延泛起波澜。忽然，我想起了几句歌词："剪一段时光缓缓流淌，流进月色里微微荡漾，弹一首小荷淡淡的香，美丽的琴音就落在我身旁……"

蹲下身子，我伸出手臂，抚摸着荷花。我知道，它不久就会结果的，果心处就是莲子。"低头弄莲子，莲子清如水。"这是朱自清文里引用的《西洲曲》中的两句。人、物、景、情都在里边了，多么好的句子啊，多么好的画面啊。突然，我又冒出一个念头，如果能变成一条小鱼，潜入荷叶下的水中，与荷花、月光一起守候在黄桥，守望这片古老的湿地，那该是何等惬意。

这个夏夜，黄桥的荷塘给了我坚守内心世界的一种信念。一份笃定的馥郁柔芳，缓缓地，在我的身心蔓延。我确信，它就是我苦苦以求的禅意。

荷，这夏日草木的精灵，成为我心灵里独有的风景。一到夏天，我就想起荷，恨不能陶醉在荷塘边，让荷的灵气，渗透进我夏天里的身体和思想。

在我的意念里，荷的境界，那是禅的气象，凡人不易抵达。

夏日赏荷，可以倾情于温馨，可以痴迷于清纯，可以陶醉于禅意。

天　空

秋高气爽。然而在我看来，由于热气的缘故，夏日的天空更高更远。尤其是到了大暑，阳光热到极致，天地之间呈现出水乳交融的鼎盛状态。张爱玲笔下的那句"你尽有苍绿"，说的正是大暑。苍绿的本意，是含有光泽的深绿，其中裹挟着苍茫的气息，烘托出大自然辽远、阔达的意味。

夏夜的天空更加高远，仿佛瞧得见月上的嫦娥和吴刚。月光下的小院里，一把把蒲扇赶走蚊子，摇曳出清爽的风，还有泥土的气息。竹床上躺着谁家的奶奶，望着月亮上的桂树，遐想年轻时的浪漫情怀。谁家的少妇，在老屋的炕上哼着歌谣，哄小宝宝睡觉："小老鼠，上灯台。偷油喝，下不来。叫奶奶，抱猫去……"这是乡下的夏夜，静谧空旷。在这样的夏夜里，我在乎的是一张凉席、一把蒲扇、一首童谣。院落里铺着凉席，手里的蒲扇把天空飘浮的、树枝悬挂的风招摇而来。树叶沐浴着皎洁的月光，在风里抖动，引领一个孩子的目光升向星空。

我是在北方的寒冬腊月里出生的，一来到世上就受到了寒冷的虐待，夏天浑身是火的感觉总是让我无法适应。如果是在方便的地方，我会裸胸袒背，打开身体的肢节，让每处骨缝、每条血管与夏天肌肤相亲。没错，夏天和我就是那样的情感。皮肤的毛孔张开，衣服的扣子解开，无论是仰望白日高远的蓝天白云，或者是凝视月亮高悬的夜空，都会让我的思维无遮无拦，很容易找到写作的灵感。

通常的情景是这样的：我打开窗，光着膀，赤着脚，桌上放一杯茶，桌旁置一盆水，膀上搭一条湿毛巾，填满一页方格后，我用毛巾浸了盆中的水擦把脸，打开躯体躺在竹席上。此刻，我打开的不仅是躯体，还有思维和灵感。写累了，我挺起腰来拍打蚊子、飞蛾，洗洗沾着血污的手掌，活动一下酸困的腰肢。

夏日里，我喜欢打开窗户写字，很多虫儿就奔着灯光而来，围着我作乐。扑窗而来的还有草蛉，绿色而柔软的身体，四个透明的翅膀，有点像蚊子，可是比蚊子大，比蚊子好看。它飞得很慢，绕着灯光无声旋转。

我那会儿在想，小虫儿不识字，怎么就喜欢看我写作？与这些小虫儿在一起，时不时我的身上就起了一个个小红点，痒痒的。我知道，它们是在分享我的血液，看看，这个人既然如此傻得可爱，难得如此饱餐一顿啊。

这是二十多年前的情景。后来，家里装了空调，窗户是不能打开了，似曾相识的小虫儿就被隔在窗玻璃外，干着急没办法。安静是安静了，可是，在空调吹出的冷气下，我的思维却僵滞了，写出来的东西总觉得没味儿。偶尔，我会突发异想，关闭了空调，敞开窗户，放那些小虫儿进来，在它们肆无忌惮的围攻下，我一边啪啪啪地击打着落在身上的小虫儿，一边挥笔写着。在这样的境况下，还真的写出了好文字。

中年的一个夏夜，我在月地上闲走，忽然就冒出一个念头：无云无雾的夏日天空如纸，稀薄得令人呼吸舒畅，可以大呼吸，大吞吐。

既然天空如纸，那么心灵也就如纸。这是适宜写作的氛围。是的，一个写作者，心灵不可有过多的负荷。

那个夏日的午后，是暴雨将至的时刻，空气里几乎可以拧出水来。没有风,空气凝滞着,无法令我的心灵舒展,进入写作的状态,我就走出屋,站在田野里仰望天上的浓云。

我多么渴望,乌云褪尽,将天空变成一张白纸。

就在这样的时刻,忽然想起了英国哲学家约翰·洛克。

在洛克之前,哲学家对于心灵的表述,压得人喘不过气来。譬如,柏拉图就认为,人在生下来之前,灵魂里就已经具有各种各样永恒的普遍形式"理念"。自从洛克之后,心灵的概念才轻松了。洛克这样说:"我们的心灵是一张白纸,上面没有任何记号,没有任何观念,一切观念和记号都来自后天的经验。"

喜欢洛克,仅仅是因为他的这句表述:"心灵是一张白纸。"拓展他的这句名言,心灵的原始状态,也是一块白板、一张白纸。

夏日里,如纸的天空倘若能与如纸的心灵对接,也许就会生发出令我喜出望外的艺术作品。

天空灵,心空灵,文字亦空灵。

哲学的某个观念,东西方人都是可以接受的。认识一位画家,我去找他闲聊,他却心不在焉,不时凝神注视着窗外的天空。我明白他正在构思着作品,便识趣地告辞。他站起身来歉意地说,不要急嘛,你一进门,我忽然来了灵感。你知道洛克的"白板说"吗?白板的概念,隐含着一个感官的存在。和别人把画画出来才高兴不同，一张白纸摆在面前，是我最为激动的时刻。所谓的创作，其实不是在纸面上，而是在心里的。

画家言之有理。正是基于心灵是一块白纸这样简单明了的观念，人的灵感才可以舒展开来，就可以随意地在上面书写文字，抒写心情。

五十岁之后，我习惯去小城之南不远处的终南山。我穿着背心短裤，背着水壶，带上一支笔、一个笔记本。爬累了，随意坐在一处，打开本本，在上面写着歪歪斜斜的字。在高处观天，天更稀薄，伸出手指可以捅破。夏日的山风，可以打开写作的通道，在我捏着笔杆困惑时，它就抖乱我的头发，让我的思维顿悟。

写累了，翻翻书读上几页也很惬意，山风时不时地就吹乱了书页，我忽然就想起清代翰林官徐骏诗集的两句："清风不识字，何必乱翻书？"有人理解那是对风的嘲讽，当朝者甚至以为是在诽谤朝廷。我却不以为然，窃以为，那是先生对清风的喜爱。

夏天既是我生命的地平线，又是我心灵的地平线。它足以容纳我的精神，可以大悲欣，可以大吞吐，可以鸣唱如鸟，发声，飞翔，然后复归于野。在内蒙古的大草原上，我曾经仰面躺着，注视着浩瀚万里的蓝天，没有一丝杂质，那是夏天，我解开衣扣，让心胸与蓝天对接。那会儿我在想，我的心是一抹蓝天，雄鹰、大雁喜欢在其中翱翔吗？那种翱翔，在我空白的心灵上滑翔过一种优美的线条，宛如壮丽的文字。

一个夏天会出生多少只蛙，开出多少朵花，会结出多少果子？一场雨，会催发多少草木的生命？缺一株草，大地将少一抹嫩绿；缺一场雨，空气中就少许湿润；少一把蒲扇，谁家的老奶奶身上就多了汗珠儿……天空如纸的夏天，总是引发我不着边际的胡思乱想。

多年来，我一直期待着夏日里本有的生活：蛙鸣、荷花、荷尖、蜻蜓、蚊虫、石榴花、鸡蛋花、伴地莲……就连骄阳、暴雨、雷电，我也渴望，它们和我的生活、写作，以至心灵有着某种千丝万缕的联系。拥有了与夏天可以赤诚对话的心灵，我就不会孤独地在人生的路途上行走。

忽然一股凉风摇晃，夏天就挥挥手说声"拜拜"，让位给了凉爽的秋天。

一仰头，天空低垂了下来。我知道，令我销魂的夏日远我而去。我将要休笔，用阅读度过秋冬了。

很远的树

一些树，总是珍藏在我记忆里。如果它们能活到今天，那该有多好。这只是我的单相思，大地上的许多树，说没影就没影了，我总不能厮守在它的身边。鬼才知道，它们在何时悄悄地消逝了。

然而，总是念想着童年里的一些树，它们生长在我的记忆中，不肯从我的生命体中离去。生命虽是渐渐衰老，但那些树却永远年轻，蓬蓬勃勃地存活在我的记忆里。有时觉得，仅仅为了那些远去的树，我也应该多活些日子。

别人的童年里幸福的感觉是什么我不知道，但对于我，就是一棵又一棵的树。我在想，如果不是那些树，我童年的幸福该去何处寻找？

远逝了，那些树。

那些远去的树，宛如黑白电影的一幅幅画面，逼近我生命的远端，而且总是难以释怀。

萧伯纳在《父母与孩子》里这样认定："童年时代是生命在不断再生过程中的一个阶段，人类就是在这种不断的再生过程中永远生存下去的。"他是从人类繁衍的角度看待童年这个生命过程的。我想的是,童年时代的生活,包括情感认知,会永远驻扎在人类每个个体的生命体里,并且对个体的生命过程带来不可抹去的影响。

无法保留童年生活的某些完整的细节,就如梦的影像,影影绰绰、迷离恍惚。可是,对于一棵香椿树,我的记忆依然那样清晰。

这应当是记忆里最早的一棵树。

七岁那年,我在外婆家度过了一段时光。外婆家的院子,有棵香椿树。它就生长在木格的窗外,贴着窗户成长。过年了,外婆给窗户换上新买的白纸,贴上红红绿绿的窗花。冬天,总是要封杀生命的。漫长的寒夜里,我期盼香椿叶的飘落。它的老叶掉不完,新芽就不会出来。阳光暗淡、冰凉、悠长,被树枝遮挡的阴影像雨后的蚯蚓,在地上缓慢爬行。我讨厌落雪。一落雪,外婆怕我受冻,总是把我关在屋子里。我用手指撕破窗户上的报纸,看那棵光秃秃的香椿树,还有飞翔在天上的鸟儿。鸟儿有翅膀,会落在香椿树的枝干上,自由自在地啼叫。我羡慕鸟儿,梦里就常常生出一双翅膀来,画面依然逼真、温馨。

外婆不让我出门,我就大声哭号,想用哭声打动外婆,让她把我放出去,看那棵香椿树发芽了没有。外婆丝毫不在意我的哭号，我就趁她不注意，用手指捅破窗户纸。我的鼻子由于靠近窗户纸的窟窿，清凉、咸味的鼻涕流进我的嘴里……窗户的小洞外，是白花花的阳光，我就看着阳光发愣。

中年时读到英国诗人托马斯·胡德的一首诗，标题简单明了，三字重复：《我记得，我记得》，开篇便是童年视野里的阳光：

我记得呀／我记得／我出生的那间屋子／早晨，阳光从小窗／进来窥视／他从不早来片刻／也不多留半晌……

如此的描写，正是我七岁那年的心态。我奇怪了，二百多年前的托马斯·胡德怎么就预知到他身后的我？

我那时知道，香椿叶是永远不会走进屋子的，永远灿烂在阳光之下。香椿叶的诱惑，是弥漫在春天的阳光里的，但总是春到深处的时候，外公才上树折下它的叶子。我知道，它刚刚绽开的叶子是最嫩最香的。这样，我的目光，就长久地悬挂在它的树叶上。看见我痴呆的样子，外公总是重复一句话："你这个馋猫呀。"外公的心思我是知道的。他要让香椿的叶子长大，让全家人都吃上香椿捞饭。那时，很少能吃上香油，外婆把香椿叶用水煮熟，拌进小米饭里，撒些盐，一阵搅拌，就是一顿美妙的午餐了。

暑假里，香椿树的身上爬着一只知了，不知疲倦地啼叫，牵扯着我的心思。外婆允许我在院子里玩了,可是那只知了爬得很高,我能看见它的身子,却无法捉到它。"大脑无所事事,就会胡思乱想。"这是蒙田在他的随笔里引用古罗马诗人卢卡努的原话。那时的我,不会像卢卡努和蒙田那样思考着诗和哲学,只是想着,那只知了身上的肉,用火烤了好吃吗?

我要上学了,父亲接我回家,可我的目光却不愿从香椿树的身上离开。如果,一个儿童懂得忧伤的滋味,那一刻,就是对它最好的诠释。我困惑的目光,被香椿树高处的枝干无限拉长……

惦念着一棵树和它的叶子,这是我成长过程的一个插曲。正如帕斯卡尔说得那样:"人的天性,是完全自然的。"回到父母的身边,我的眼前仍然执拗地晃动着外婆家的香椿树。

外公、外婆都没有食言。八岁那年的开春,我被外公接去吃香椿的叶子和外婆做的香椿捞饭。香椿树一见到我,宛若分散多年的朋友,愉悦地摇晃起残留的叶子,仿佛欢迎的掌声。它和我一样长高了,身上留下一些青春痘。与一棵树一起成长,多么快乐啊。

外婆家的小院里,总是弥漫着我所向往的那种香味。后来,我明白了,那只不过是一种心理的作用。是的,我们常常需要在往昔的时光里搜寻自己成长的痕迹,还有岁月深处的芬芳。半个多世纪过去,那香椿叶的香味,依然弥散在我生命的肌体里。

村里住着五婶。她家的院子里长着一棵拐枣树，枝条弯弯曲曲、果子疙疙瘩瘩，有如禽类的脚爪。感情这东西说怪也怪，说不定啥时候你就喜欢上了一个人、一只鸟、一条疙疙瘩瘩的土路。拐枣，就因为这个听起来别别扭扭的"拐"字，我喜欢上了它。

五叔在外地教书，儿女们也都成家，平日只有五婶一个人在家。她一个人嫌寂寞，就喜欢孩子们去她家。她不吝啬，拐枣熟了的时候，你想吃多少她也不阻拦。她的嘴旁有颗黑痣，笑起来黑痣就颤动。看见我们吃她的拐枣，她笑得眼睛眯成一条缝。

开始，我不知道拐枣那样好吃。一天，五婶坐在门槛上津津有味地嚼着它，让我馋得流口水。五婶让我尝，这才觉得它醇香、甜蜜，有点葡萄干的味。五婶摘了许多下来，我吃饱了，又分给许多的孩子。后来，五婶家的院子就挤满了孩子。

更多的岁月里，拐枣树是没有果子的，像一个寂寞的老人守候在五婶家的院子里。放学了，我放下书包就钻进五婶家，在树下傻乎乎地站着，关注着它的树身、树枝、树叶。起初五婶不解，从屋里跑出来看我，后来她似乎明白了什么，就由着我去了。这样，我就完整地观察到了拐枣树的成长过程，从春天发芽，到开出扁圆形的花，再到深秋果实成熟，它都在隐忍的期盼里。第一场霜降之后，叶子呈黄绿色后，那些饱满的果实才渐渐风干，生涩的果实浓缩了精华，成为一串串醇香的美味。

五婶家的拐枣树用我那时的手掌圈着,满满五把。圈着圈着,蚂蚁就上树了,我赶紧松开手掌给蚂蚁让路。树有没有心灵感应我不晓得,但蚂蚁应该有的。我喜欢蚂蚁,常常蹲在地上看它觅食,看它搬家。它上树干什么呢?这一直是个谜。我呆呆地站着,脑子却在想,有了蚂蚁的陪伴,拐枣树是不会寂寞的。

一棵树也是一个大家族,比如这棵拐枣树。春风吹来,它长出了嫩芽,绿莹莹的,爬得满枝条都是,像是一棵树的子子孙孙。渐渐地,绿芽不经意间展开,宛若一树的笑脸。再之后,阳光更暖,叶子就伸展开遮掩了树枝。

树也有喜悦的时候,在出芽、长叶、结果的过程里,它享受着成长和收获的幸福时光,有风吹来,我甚至听见它在幸福的呢喃。佛家讲万物在心,追求修世。道家讲无牵无挂,追求避世。拐枣的成熟过程,全在尘世之外的宁静和安详。

拐枣的"拐",无疑是因为它的果柄弯曲而得名。我却一直疑心,拐枣应该谓之"拐爪"。它的果实扭来拐去,像鸡爪,又像某只鸟的爪子,有时细想,五婶脸上、额头上的皱纹弯来扭去的,是不是她家的拐枣显灵了呢?

五婶死了,死在秋天。悲哀的音乐响着,我却不敢去为她祭灵。那时,我害怕死人。五婶下葬以后,她家的院门就挂了一把锁。居然有胆大的孩子翻过墙去上树摘拐枣,而我却不敢走近五婶的老屋。

　　成人后,我看到了徐锴的《注说文》,里边有对拐枣的记述:"拐枣,称作枳枸,皆屈曲不伸之意。此树多枝而曲,其子亦弯曲,故以此名之。"它还有许多名字:红拐枣、绿拐枣、白拐枣、胖娃娃拐枣、柴拐枣、鸡爪树。我尤喜鸡爪树这个名字。它的树冠,形似鸡的爪子,向天空伸去,聚揽着天上的紫气和阳光。

　　和五婶一样,拐枣树说走就走了。我上完大学回到村子,脚步不自觉地就挪向了五婶家的老屋。隔墙仰望,那棵树不见了,我怔怔地在墙外站了许久,心头一片落寞。

　　从那以后,我几十年没有见过拐枣树了,前几天去汉中,在镇巴的街头,无意中发现了拐枣的果子。因为几十年的沧桑,它褪去了青春的红颜。像人生的历程,一路疙疙瘩瘩走来,直至枯干。我不是喜欢吃零食的人,但还是买一斤。对我来说,它已经不属于商品,而是一种亲情。

　　记忆里还有一棵树,是皂角树,孤独地守候在村子东头旧戏楼的一个角落。孩子们拉着手把它围起来,捉迷藏、踢毽子、踢瓦块、过家家……它仿佛知道很多事,明白许多理,丝毫不计较孩子们在它身上的跌打滚爬。

　　皂角树是有刺的,大人小孩站在树下,瞄准树上的皂角,拿着竹竿打,用石头扔。手一扬,哗啦啦,就落下来一两串皂角。它的果实像扁豆,捣碎了泡水,可以洗衣服。洗前除去皂仁,用石头或木棍捣碎,夹进衣服里面,在搓衣板上搓呀搓,用木棍捶呀捶。那时候的衣服多是麻布做的,又硬又粗,搓久了手疼,最好是用木棍捶。夏秋的夜,如果有月光,女人们就端着一盆脏衣,下了沣河岸去洗。一盆衣服,一两串皂角就洗净了。洗完衣服,女人猫腰把头发漂进水里,用捣碎后在沸水里煮过的皂角水来洗。

皂角的树冠像把巨伞,悄没声息地在旧戏楼的上空撑开。它的叶子为卵形,卵状披针形或长椭圆卵形。每年五月开出淡黄白色、卵形或长椭圆形的花瓣。三伏天,躺在浓荫的树影下,皂角树的叶和果在风里碰撞,发出啾啾唧唧的响声,像是来自天籁的箫音,牵动着我的神经。唯美的旋律,忧伤的调子,引领我进入一首纯美的乐曲。随着风力的转化,曲声时而若游鱼戏水,时而若微风拂面,时而若鸟语呢喃,时而若散淡的浮云……像是在聆听古典名曲《寒鸦戏水》,心静,佛土静。我那时虽然很难悟出这样的境界,但风吹皂角树叶的响声,却是我生命中首次聆听到的音乐之声。中年的一个夜晚,有朋友邀我听音乐,正是《寒鸦戏水》。听着听着,我情不自禁地说:这不就是风吹皂角的声吗?朋友疑惑着说:风吹皂角之声,我怎么没有听过?有如此美妙吗？

　　我笑着回答：那是很远的树声了。你的童年没有在乡下浸泡过，哪儿会听到呀？

　　孩子们总是淘气。皂角树的树冠上，架着许多老鸦窝，我们常常爬上树掏鸟蛋。这当儿，住在戏楼东边的森虎爷就会跑出来吆喝："下来，下来，滚一边玩去！"森虎爷有一把长胡子，枯干的皂角一般粗糙的脸。吃过晚饭，他在肩膀上搭条黑乎乎的毛巾，摇着蒲扇，坐在树下，歪着头，支起耳朵，仿佛在聆听树的心跳。有时，他靠着树身，眯着眼，脸上挂着舒朗的微笑，好像在念想着自己做过的一个梦。现在，他的模样已经模糊不清了，但是那个情景，却依然清晰。

　　一想到皂角树，耳边就响起音乐，还有，树下的一个老人、一把胡须、一个蒲扇。这是我生命里独有的细节，时不时地就慰藉着我的心灵。

　　故乡的旧戏楼，三十年前就拆了。也就在那年，森虎爷死了。离开了他的呵护，那棵皂角树的枝叶终于枯干，被村子人当柴烧了。

　　香椿、拐枣、皂角，是我十二岁之前的情感慰藉。感觉里，它们仿佛一个个巨人关注着我的成长。我仰头看它，它俯身瞧我，彼此交流着心跳，以及呼吸。

青春的骚动，是从十二岁开始的。神秘、狂躁，浑身使不完的力气，就发泄在了一棵银杏树的身上。

一座庙，掩藏在村子的中央。庙虽小，院子却长着一棵古老的银杏。从终南山的坡上往下看，它高过村子所有的树木，俯视着村子一切的秘密。我们已成长为少年了，就告别了那些简单的游戏，开始鹐仗、滚铁环、玩纸牌。

那棵银杏树的树干要七八个孩子才能合抱，老人们说它生长在这儿已经千年以上了。千年的概念我们模糊不清，总之是太祖爷爷那辈人也望不见的岁月。它的树根下，不知怎么就形成一个大洞。天热得人喘不上气的时候，我们就躲在里面玩纸牌，是一种叫作"捉娘娘"的玩法，并不输赢什么。天落雨了，我们不喜欢待在家里，唯一的去处，就是银杏树下。它的枝叶，覆盖着大半个院子的地面，遮挡着雨，足够几十个孩子疯一阵。

离地面五六米的地方，银杏的主干分成两枝，一枝垂直向上，一枝向东斜出。向东的那枝上，悬着一个老鸦窝。勇敢点的孩子脱鞋爬上树，去掏老鸦的蛋。这是男孩子的行为，那些女孩儿，站在树下，仰着脖子看啊看，谁爬得最高，她们就把掌声送给谁。女孩儿的掌声，是男孩子的精神奖励，足以鼓胀他们渐渐变粗的肢体。

无法回想起银杏完整的生长过程。它在我们慌慌张张的视野里，昨天冒出一颗绿芽，今天长出一片叶子，明天结出一枚青果。它的嫩芽，在斑驳的枝干上染一抹青绿，开始几乎看不出什么，只是感觉银杏的枝杈变得柔软了许多，舒展了许多，色泽明朗了许多。第二天再看，枝条上沁出一层绒毛一样的嫩绿，再后来，那些细密的嫩芽一一顶出来，一天天舒展着变大，直到稀疏的枝杈被密密的叶片层层包裹起来。夏天到了，银杏树突然就开花结果了。不过，我们从不留意它的花是什么形状，只是贪婪那橙黄色的串串果实。秋天，那片片扇形叶片，转眼就变成一片金黄色。当我们穿上棉衣时，银杏树又变成一座金色的山丘，聚集着千万只翩飞的"黄蝶"。阳光穿透它的胴体，浅灰色的枝干和黄叶相拥，插入苍穹。

在千年的岁月里，银杏树经历过多少天灾人祸，唯有天知地知。它的身上刻满了楔形文字，没有人能够读懂。

好像是，我念完四年级的那个夏天的一个深夜，一声巨响惊醒了熟睡的人们，谁也不知道发生了什么事。天亮后，人们才发现庙里的银杏树被雷击了，主干上端被击断，树冠被掀掉，断枝散落满地！这一次事件记录在大树中间那一截被撕裂的残桩上。而这样的事情发生过多少次，没有人能够知道。尽管遭到雷击，它仍然活了下来，成为我亲眼见证到的一个奇迹。

参加工作后,我翻阅县志,在《古树名木》一章,见到了村子的那棵银杏树。久违了,它藏在文字里,亲热地向我打着招呼。志书里记载的银杏树有七棵,树龄都过了千年。可是,其他的都在大炼钢铁的运动中被毁掉了。而我们村的那棵,村民视之为神树,亲切地称它为白果树。一到庙会、过年这样的日子,就给它披红放炮,虔敬礼拜,连枯枝也不许折去的。既然列入神的行列,那就谁也不敢动了。它承载着无数个岁月,洞悉了人间的生离死别,忧苦欢乐。

上高中时,我背着铺盖来到县城。离开了银杏树的呵护,我的内心充满焦灼,忧虑。很多次,我在梦中被带到银杏树下,我知道,我该回故乡了。每次回家,除了看看父母,我唯一留恋着的,就是庙里的那棵银杏了。站在这样一棵老树面前,我务必保持一种仰望的姿势。它的那些深入泥土深处的根,那些经历过无数劫难的枝,抚摸着我的心灵,告诉我:做人,要不显不露,从从容容,即使再有磨难,也要执着地活下去。

到了少年,总该有些思考。如果说,十二岁之前的那几棵树,只是赋予了情感,那么,从银杏开始,它就教我如何做人了。

姑婆的家在终南山下的杨家坡。开了春,她家后院的那两棵核桃树总是挂满青果。姑婆一出门,就仰起脖子望呀望的。暑假里我去姑婆家，她搬来木梯，上树摘下几个，用石头砸开裹在核桃身上的绿壳，再砸开核桃皮，露出白白净净的核桃仁。姑婆把核桃仁在铁锅里炒了，淡淡的金黄色，散着一股清香，吃起来酥脆。

那棵核桃树，姑爷说是他种的。他笑着说年轻时随手往地上扔了一颗核桃，就长出这棵树了。姑爷弯下腰咳嗽着，用满是老茧的手掌抚摸着树的身子，好像那是他的亲孙子。

姑婆家的后墙外，是片山坡，坡上是核桃树林。孩子们使劲往树上扔石头，把核桃击落下来。石头越过枝丫，穿过浓密的树叶，划出条条弧线，青的或稍黄的果子落进草丛。这情景令姑爷很痛心，念叨着："还是嫩水儿，离开树不是夭折了。"

树上的核桃，风一吹说不定就会落下。要是风来了，我就朝坡上跑，捡拾树林里的落果。核桃的果子，不是那种容易吃的东西。我把它摆在河边光滑的洗衣石上，用石头砸掉那层青色的外壳。不能用力砸。核桃皮的绿色汁液，溅到衣服上，很难洗掉。

我忘不了姑婆家的那棵核桃树，还和一只蛐蛐有关。三年级那年暑假，我在河沟里捉住了一只蛐蛐，长长的须，晶亮的翅，叫声脆响。姑爷不喜欢我玩蛐蛐，说什么玩物丧志。我像他那样拼命地咳嗽着，以示我对他的抗议。我就是不明白，玩蛐蛐有什么不好？它的叫声那样响亮，那样悠扬，那样有节奏，凭什么不让我玩？

为了避开姑爷的监视,我把那只蛐蛐装在一个瓶里,藏在核桃树下的草丛里。蓬勃的树枝上正结满了茂密的果子。姑爷不在家时,我就扒开草丛,给它喂食喂水。四周寂静的时候,它为我啼叫。我躺在树下,享受聆听的欢乐。蛐蛐的叫声,在风吹柿子的婆娑起舞中缓慢、短促。像是我后来听到的罗伯特·舒曼歌曲集《桃金娘》中第三首《核桃树》。那首歌曲的旋律大多是"短呼吸"式的小句子,美丽的琵琶音,颤动出树叶沙沙作响的诗意。

那两棵核桃树的距离,正好能绑秋千架。收秋了,姑爷搓着稻草,编成绳子在两棵树上绑秋千。他让我坐在秋千的板上,站在我的身后猛地一用力,把我送出老远。秋千腾空,我却在惊恐地叫着,以为永远脱离了地球。这是初次的感觉,后来我就不怕了。因为我懂得了,姑爷把我送上高空,还会把我抱下来站在地面。那以后的感觉就不一样了,在空中风拂面而过,鸟在头顶盘旋,那样清爽,那般逍遥。这正应了托马斯·胡德在那首《我记得,我记得》中的句子:

我记得呀/我记得/我从前常在那儿荡秋千/想着拂面的风是如此清爽/风中的飞燕肯定也感觉一样/昔日我那自在翱翔的心灵/如今变得如此沉重/即使夏日的池塘也无法冷却/我额头的热……

前面几句是快乐的远景，后面几句却是照应着我六十岁之后的心态。老了，再也不会坐在秋千的架板上了，曾经飞翔过的心灵踏实地落地了，一切的感觉都是如此沉重。

核桃又称胡桃，同扁桃、腰果、榛子在国际市场上被并称为"四大干果"。它在深厚、湿润、疏松、肥沃的土壤里生长，性格里就多了些清冷的成分。核桃仁既是很好的滋养品，还是一剂药，对肾亏、腰疼、肺虚、咳嗽、气喘、大便秘结、病后虚弱和神经衰弱等症，均有很好的疗效。我上五年级那年，姑婆给我送来一包核桃。"核桃仁长得像人脑，可以补脑子。"她这样说。

在记忆的深处，核桃树是我对故乡的特定符号。上大学以后，在城里很难见到核桃树了。不过，它的果子，却摆在水果店和果品市场的摊位上。这，常常让我想起姑婆家后院那两棵核桃树。

祖父的生命，也是非常遥远的了。他晚年的枝枝叶叶，我是记忆很少了，但他与一棵榆树的情感，却无法从记忆里抹去。从他身上，我懂得了，不要随意破坏一棵树，它的身上说不定就寄予着某个人的情感。

晚年的祖父少言寡语，总是瞅着我家后院的那棵榆树出神。村里很少有人喜欢榆树，身子疙疙瘩瘩，叶子细细碎碎，没一点风景。但祖父，却是对它有着感情。祖母死后，我就和祖父睡了。睡觉前,他总在叙述着他的童年:天大旱,地里寸草不生。他上树揪榆树叶,叶子吃光了,就啃榆树皮。

"榆树,救过爷的命呀。"祖父叹着气。

阳光渐暖,榆树结满一串串雪白的花。祖父搬了梯子架在树身上,采摘新鲜的榆花。母亲把那些花洗干净,包在玉米面里,抹一点黄油做馅饼吃。热乎乎的玉米馅饼一出锅,香甜的味道便弥漫了土屋。夏天渐行渐远,清凉、凌乱的阳光,穿过榆树的枝叶,落在祖父的身上。地上,落下层层榆树叶,细碎、枯黄。每片叶子,都分布着虫噬的圆孔。祖父坐在小凳儿上,一坐就是一晌。他歪着脖子,用手掌支起下巴,仰头看着枝上的叶子。一会儿,祖父捧起一把枯叶,用力嗅着,用两只手掌搓着,直到把完整的叶片搓成碎末。秋风吹着祖父的胡须,颤抖、无奈。那幅画面,宛若西班牙画家萨尔瓦多·达利的画:表面软弱、闷塞、沮丧,却掩饰不了内心的风景。

秋天里,榆树的身上总会爬着知了壳。我脱了鞋子上树摘取它,祖父要是看见了,就说:"娃呀,让它留在树上好看。"若干年后,瑟瑟的秋风中,祖父凝视榆树上知了壳的画面诱惑着我,让我的思想走进去。我企图探索祖父的精神世界,可是又自觉地退出。我意识到,一棵榆树,是祖父内心的风景。保留一幅永恒的风景画面,要比挖掘人的内心要轻松得多,简洁得多。少年里，我用眼睛观察一棵树和一个人的风景。现在，我使用记忆来缅怀那些遥远、模糊的景致。法国作家皮埃尔·纳维尔这样说："记忆和眼睛的快感，乃是全部美学。"人和树，被表现出的是一种物体，但如果，他和它具备了诗意的叙述，就具备了美学的意义。

　　秋风走了，我的脚步不再那么轻盈，那样仓促，对于祖父的一言一行，也就懂得了珍惜。因为，我分明感觉到，祖父的脚步声不再那么稳稳当当，有时连走到榆树下的力气都没有了，而是站在后门那儿，静静地凝望。生命中，一个人久久的将目光落在一棵树的身上，需要执着、韧性，以及精神的穿透力。而榆树，在祖父的精神抚慰下，也仿佛具备着心灵感应，呻吟、摇晃。一种静止的物，被人的目光温暖着，也就有了人性的风景。

　　由于连阴雨的缘故，我家老屋的墙塌了。父亲让人拆了老屋，在原址盖新屋。那棵榆树的身子，可以做檩木了。但是，木匠带着锯子来砍伐它时，祖父却摆摆手让木匠走了："让他老死吧。"祖父说完，伸开青筋突出的手掌，拇指对拇指，用手量着树的腰围。榆树的身上布满鸡蛋大小的黑疙瘩，有的地方脱落了树皮，凹进一大块。它的形象与祖父满是皱褶的脸面，形成了一种视觉上的共鸣。

　　祖父步履蹒跚了。父亲让祖父坐在老屋门口，要给祖父照张相。祖父却让我搬出凳子,把他搀到后院的榆树下。祖父摸摸我的头,咳嗽了声坐下,脸上是花朵般的微笑。

我庆幸有机会目睹了祖父生命最后的风景。春日的阳光疏朗、明净。中午,祖父吃了一碗面,坐在小凳上靠着榆树晒太阳,忽然就垂下头,歪倒在树下。树身上爬行着成行列队的蚂蚁,仿佛为榆树的叶子传递着某个信息。忽然来了一股风,树上的叶子一起飘舞起来,像是为祖父送行。祖父临终前的安详和恬静,是我们全家没有料到的。祖父是普普通通的一个人,但是他老死在一棵榆树下,如此,他平凡的生命,就呈现出别样的风景。

一棵树,给了祖父的生命意想不到的景致。

从祖父身上,我懂得了,对于任何一棵树,我们都必须给予尊重和敬仰。

尊重和敬仰一棵树,不是每个人都能做到的。

感谢你们:那些很远、很远的树!

很远的树。这个命题将我的情感记忆再次拉回生命的初期。真的,那时的快乐以及成长的痕迹,就珍藏在这些树的身上。尽管,它们都一一从这个世界上离去,但只要我还活着,它们就永恒存在于记忆中,为我的精神充电,将我的精神滋润。

仍然是托马斯·胡德的那首《我记得,我记得》:

我记得／我记得／高高的枞树一片葱茏／我常想／它那细嫩的树梢紧挨着蓝蓝的天空／那是我童年的稚想／而我现在知道／天堂离我们比孩提时所想象的更远／这不免使我怏怏不乐……

我记得呀／我记得／苍郁高耸的冷杉／我从前常以为它们细长的树梢／已经逼近天空／虽然那只是孩子的幼稚无知／但是现在却少有那般快乐／我知道儿时离我那么近的天堂／如今已经越来越远了……

爬树，或者是荡秋千，我都会看见高高的树枝和树叶在天空，在头顶，是这样的词语闪现：葱茏。

童年那么多的幻想都在蓝蓝的天空里。不清楚将来做什么，是怎样的命运，但总是期冀着光明的未来。这是很远的树给予我的恩赐。由此，我感谢它们，而现在，命运已将自己固定，如托马斯·胡德说得那样，天堂是永远不会存在的，我也永远抵达不了天堂那个神圣的地方。我仿佛看见，在他忧郁的眼神里，饱含着对生命不甘的困惑。

是的，他只活了四十五岁。

"天晚了，我说着再见，却由你越发将我抱紧。"

托马斯·胡德诗句中的那个"你",我的直觉指的是命运。托马斯·胡德一生命运多舛,一直在贫病交加中挣扎,那首名为《玫瑰花开的季节》的诗也预言了他自己的命运。但是,我不会像托马斯·胡德那样在限定的命运里"怏怏不乐",而是在已知的命运中脚踏实地,做一些自认为快乐的事情,将一颗快乐的心维系到生命的终点。

托马斯·胡德所钟情的树远去了,我所感恩的树也远去了。

举杯庆贺我黄金般的孩提时代,它就像春天里的晨露,将我的生命滋润。而滋润我生命的晨露,是挂在一棵棵树的身上的。那些刻骨铭心的念想,永远不会烟消云散,永恒地在我的生命体中徜徉。

诗人拜伦在《恰尔德·哈罗尔德游记》里如此感慨:"呵,幸福的年代,谁会拒绝再体验一次童年生活。"

拜伦和我心里都很清楚,这是绝无可能的。

是的是的,时光永远不会倒转。即便如此,我还是要在这里表明自己的心迹:如果命运允许,我希望回归童年,再次接受树的恩典。

听风吟诵

一

孩童时，我跟着祖母去给山坡上割草的祖父送饭。

祖母提着竹篮在坡上行走。一开始，风还向我和祖母微笑，一会儿它忽然发了脾气，撩开衣襟窥视我的瘦骨，吹乱了祖母花白的头发。祖母歪倒在山坡上，手中的竹篮在空中做了一个跳跃的动作，然后就顺着山坡翻滚。我惊恐地哭泣，满山坡追踪竹篮。风游戏似地刚让我看到竹篮的踪影，却又把它抛向很远，不知去向。我的灵魂仿佛被风裹地而起，化为一片轻飘的树叶。

那是我生命中最初聆听风的吟诵。风戏弄着一个儿童的迷惘，向我灌输着恐惧的词意。那个中午，狂风玩够了离开那面坡时，暴雨瓢泼而降。是祖父，用赤裸的胸膛护住了我的躯体，逃亡回屋檐下。

从那一刻起，我便对风不怀好感。祖母好多日子都在念叨着她的竹篮，表露对风的怨言。

让祖母的竹篮失踪的是山谷风。白天，它从山谷吹向山顶；

夜间，它从山顶吹向山谷。三十多岁之前，我一直没有能力翻越那座山。那座山叫秦岭，厚实得双脚难以穿透。遥远的岁月里，我无数次发现祖母在爬我家屋后那面山坡，憔悴的背影在风中摇晃。

我常常在想，祖母是在寻找那个被风吹走的竹篮吗？

我的童年，在风的困惑中前行。我像是被秋风扫荡的落叶，在迷惘的阳光里，喘着绝望的呼吸。

成年后，我才知道了，成大器者，首先要展示出一种内心的风景。忍受寒风的荡涤，在大地上奔波。如孟子所言："天降大任于斯人也，必先苦其心志，劳其筋骨，饿其体肤，空乏其身……"

听风吟诵，这是孔夫子一生的写照。两千年前，一身布衣长衫的他推着独轮车在古旧的时光里踽踽独行，吟着独创的灵魂曲："仁者爱人。"他吃着素食，四处奔走游说。凌厉的风中，他的影子犹如飘零的残叶。他坚信他的思想会像风一样千秋传播，沐浴后世。站在傍晚的风中，他感慨万千。独轮车的轮子，"吱呀呀——吱呀呀"地响，仿佛风的吟诵，在渐渐浓重的夜色中翻滚，继续它那永无终站的旅程……

清冷的风，鸣奏出咏叹调，为孔子孤独的背影送行。

与孔子无独有偶的是西方的那个哲人尼采。尼采是风的承受者。19世纪末，是西方资本主义第一次发生文明危机、社会出现重大思想转折的年代。财富的悬殊，导致社会阶级矛盾的激化。就在这时，尼采结识了当年德国的浪漫派音乐家瓦格纳。瓦格纳的演奏具有风一般狂飙的风格。尼采是从瓦格纳的音乐中，听出了风的鸣唱，那是与他生命气质中极其相似的旋律。

  1879年，三十五岁的尼采辞去教职，开始了十年的风中漂泊漂流。他在威尼斯、热那亚、恩加丁高地、西西里岛、拉帕罗、尼查、都灵以及整个欧洲大地游荡。漂泊的日子里，风是他忠实的伴侣，成为他情感的慰藉。他感激着风，把风的翅膀安置在自己的头颅中，使劲地扇呀扇，头颅中就飞翔出奇形怪状的语词，挟带着锋刃和利箭，让人类固守千百年的思维屏障鲜血淋漓。

  那一刻，风的声响跌落在尼采干燥的唇边。风说："知音啊，我爱你。"尼采在接受了风对他最后的关怀后升入天堂。所幸的是，风把一个"超人"的思想传播到天涯海角，风的意志所向披靡。相比之下，我们缺乏的是尼采思想的风轮。我们沉湎于一种生活模式，满足于一种僵死的教条。没有个性，没有创新，更没有风一般的狂飙。

二

风的咏唱,演绎出某些历史人物的命运。

在战国末期,风成为卫国人荆轲赴难的征兆。受燕太子丹之托,荆轲赴秦行刺秦王,"风萧萧兮易水寒,壮士一去兮不复还"。风在易水之畔荡涤出悲壮之歌,鼓舞起一个勇士的雄心壮志。易水清冷,太子丹穿着白衣白帽,送荆轲去咸阳行刺秦王。萧瑟的风声,宛如勇敢者的心曲。但沉下心想,那悲壮的风声,何尝不是为荆轲预告此行的命运?

"大风起兮云飞扬,威加海内兮归故乡。"汉高祖刘邦在《大风歌》里为风吟出传世的句子。在他的视野里,风是他雄心壮志的体现。然而,来自平民底层的人生体验,又让他深谙大风的诡异,大风的无常。乱世的风可以助他完成一代霸业,也可以摧毁他的江山。聆听着风的吟诵,他的眼神里突然闪烁出"安得猛士兮守四方"的那种前途未卜的焦灼和恐惧。这就难怪他在配合着风的歌唱而舞蹈时,要"慷慨伤怀,泣数行下"了。

历尽沧桑,风必是智者。在人类历史上,刘邦是风的切身体验者。他的慷慨如风,他的忧郁如风,为穿行了亿万年放荡不羁的风做着恰当的注解。

楚汉之争,风是胜负的见证者。风在乌江边看见了陷入四面楚歌中的西楚霸王，顿生恻隐之心，于是抒发着智者的心曲，牵引着江边的芦苇向江心摇摆，为项羽指示出一条生路，劝他渡江。然而项羽谢绝了风的好意。他慨天长叹："苍天要亡我，我为什么要渡江呢？"于是下马以剑迎敌，最终自刎于江边。

风于是扼腕叹息：天灭霸王也！

项羽以悲情结局，然而乌江的风依然千年咏叹。在惋惜项羽悲剧的某个瞬间，我忽然想起了德国诗人海涅《诗歌集》里的句子："我清楚地知道，槲树定要倾朽，而那溪边的芦苇，虽然摇曳俯首，在轻风和暴风之中却兀立如旧。"

在前秦皇帝苻坚统帅的秦军那里，风声是他心理上的暗影。383年，苻坚统率九十万大军南下攻打东晋。东晋王朝派谢石为大将，谢玄为先锋，带领八万精兵迎战。谢玄施计，派使者劝说秦军后撤，双方在淝水边决战。苻坚中计，指挥大军后撤，岂不料秦军以为前方兵败，"闻风声鹤唳，皆以为王师已至。"淝水之风，助东晋取得了一场战役的胜利。

风的喻示。这是一个历史性的悲伤时刻。

是智者，就不会对风产生排斥的念头。王国维在《人间词话》中提到的"人生三境"，第一境就是晏殊的词："昨夜西风凋碧树，独上高楼，望尽天涯路。"冬天来了，万物全都萎缩了肢体，在寒冷中颤抖，人们都躲进屋子了。凄凉的月光下，一个人走上高楼，而且是孤身一人。当他眺望远方，是在悲秋伤逝呢，还是另有一种壮阔的情怀？

两千多年前，楚襄王曾在兰台宫游览，宋玉、景差随侍。有风飒飒吹来，楚襄王便敞开衣襟迎着风说："这风多爽快啊！这是我和平民百姓共同享有的吗？"宋玉回答："这只是大王您一个人独自享有的风罢了，平民百姓哪里能与大王共同享有它呢？"楚襄王又问："风是天地间的一种气流，普遍而畅流无阻地吹送而来，不分贵贱高低吹到每一个人身上。现在你单单以为是我一个人享有的风，难道有什么理由吗？"宋玉回答："我从老师那里听到过这样的说法，枳树弯曲的枝丫上会招来鸟雀做窝，空穴之处会产生风。鸟窝和风是根据环境条件的不同而出现，那么风的气势也自然会因环境条件的差异而有所不同。"赤壁之战是中国历史上一次经典的战役。两军隔江对峙。黄盖的十艘轻利之舰，满载薪草膏油，外用赤幔伪装，上插旌旗龙幡。离曹军二里许，风声汹涌，吟唱胜利之歌。黄盖遂令部下点燃柴草，同时发火，乘风的船疾驶如箭，烧尽北船，延及岸上各营。顷刻之间，烟炎张天，曹军人马烧、溺死者无数。而周瑜此战胜利的绝妙之处在于"时东南风急"。没有了那场东南风，一场战役就会是另种的结局了。曹操的八十万雄师败于一场大风，推迟了他统一中国的步伐，促成三国鼎立。

一场东南风，演绎出了一个时代。

令我无限悲哀的是，总是有人与风作对，就如西班牙作家塞万提斯笔下的那个骑士堂·吉诃德。这个瘦削的、面带愁容的小贵族，由于迷恋于骑士文学，竟然骑上一匹瘦弱的老马，找到了一柄生了锈的长矛，戴着破了洞的头盔去当游侠，锄强扶弱，为人民打抱不平。然而他由于失掉了对现实的感觉而沉入了漫无边际的幻想中，一路闯祸，竟然把旋转的风车当作巨人，冲上去和它大战一场，结果弄得遍体鳞伤。

三

风的咏唱，也成就了一代代的文人墨客。

撩开历史的尘埃，我看见了千年前的一位奇女子：李清照。傍晚，她倚栏眺望远去的丈夫，耳旁聆听着风的哀唱。"莫道不消魂，帘卷西风，人比黄花瘦。"懂事的风，善解人意的风，用音乐之声为一位孤寂中的女子打开门帘，让她眺望思念的郎君。

千年之后，又一位女子用风声解忧："秋风秋雨愁煞人，寒宵独坐心如捣。"她是秋瑾。绵绵秋雨，伴着秋风，天空昏黄，万物凋零。在忧国忧民、壮志未酬、面对死亡的心境下，她引用清人陶澹人（即陶宗亮）的诗句，借风抒发出哀凉的心声。

南唐后主李煜不是个好皇帝，但却是个好词人，享有"词中之帝"之誉。他从无鹤立群雄当皇帝的心思，一心向往归隐生活，登上王位完全是命运之使。在南唐灭亡后被北宋俘虏后，他从凄厉的风声中感知到了自己的痛苦郁闷，于是写下"小楼昨夜又东风，故国不堪回首月明中"如此的词句，以寄托自己的亡国之痛。风吹小楼，凄惨哀婉，带给他的是不堪回首的往事。

风是诗人的情感。"不知细叶谁裁出，二月春风似剪刀。"这是贺知章《咏柳》的妙句。柔弱、眉毛一样的柳叶，原来是风剪出来的。贺知章柔软的情感，寄寓在摇曳着柳叶的风上。在岑参笔下，风摇身一变成为春之使者："忽如一夜春风来，千树万树梨花开。"风一巴掌过去，春天就成了花的海洋，令岑参心花怒放。

"野火烧不尽，春风吹又生。"在白居易的眼里，野草离离，岁岁枯荣是野草生命之规律。然而它永恒的生命是风带来的。只要有风的歌唱，生命必将永恒。

"清风不识字，何必乱翻书？"抒写的却是风的一种心境。风吹，书乱。仅此而已，并无什么反清的思想。但是，大祸从天而降，那个叫徐骏的清朝官员却丢了性命。风惹出了一个人的悲剧命运。风一边自责,一边喊冤鸣不平:哎呀,我这手就是闲不下。我就是想看看那书上写着什么文字,招谁惹谁来?

  风也有得意之时。"春风得意马蹄疾,一日看尽长安花。"仕途上一帆风顺的孟郊,在《登科后》中喜不自禁,骑马驾风,恨不能一日赏尽京城之美景。风,成了他欢愉的对象,挥洒着他张扬的情怀。崔护的《题都城南庄》将人面、桃花、春风融为一体,风在其中扮演的是主人翁的作用:"人面不知何处去,桃花依旧笑春风。"风的"笑"声,有容有声有情,为春天的大地留下一片灿烂。

  诗人在风声里或喜或悲,风也就敞开胸怀,拥抱着诗人的疾苦和快乐。但偶尔,它也会落井下石,掀翻贫困交加的杜甫屋顶的三重茅草,令诗人发出"安得广厦千万间,大庇天下寒士俱欢颜"的千古感慨。

  千年之后,我听见了风的喃喃自语,仿佛是对一位老人的道歉和忏悔。

  风张开巨大的双翅继续着它的思想之旅,凝滞在了盛世唐朝。恍然间抬头,不远处的大殿上竟然站着集唐玄宗万千宠爱为一身的贵妃杨玉环。风正在端详着她的容貌,忽然听见身后一阵马蹄声由远及近,它拨开飞扬的尘土,看见一个年轻的侍卫骑马疾速穿过重重宫门,脸上露出微笑。"一骑红尘妃子笑,无人知是荔枝来。"风笑了，环绕着大殿的廊柱想着：就是这么一个女子，竟然颠覆了整个大唐。

人类的历史，就这样一页页被风声送走。

千万年来，风就是那样穿行在历史的缝隙里，以一种穿透万物的力量，叙述着历史的枝节。

"风吹刮走驼队像卡通片突然刮走／绿色沙枣成为尾声部乐章划过麻木的指尖／也许早歪歪斜斜走过百年千年／光怪陆离的游沙又遮蔽住天空他们哐当由远而近／目光中充满了疲弱扭曲的脸庞……"这是意大利作曲家威尔第的成名歌剧《纳布果》第三幕《飞吧，让思想插上金色的翅膀》中的句子。这是风的生命体验，也是它内心世界之呈现，我却在其中看到了它思想的影子。

风是流动的思维，穿梭过远逝的历史，掠过那些熟悉而又陌生的瞬间，站在时间的地平线上沉思。

清代学者金缨先生有句名言："身在天地后，心在天地前。身在万物中，心在万物上。"写这句话时，他未必就是针对的风。可是，我却感到，他说的就是风。自然界的一切都是有灵性的，风尤其如此。

现在的我，已经深深地感悟到了大自然的妙处，不再陷入个体的烦恼，这是经历了几十个岁月磨砺之后的醒悟。如果傍晚有风，我会情不自禁地推开窗或步出斗室，遥望天空。要是炎热的季节，我会去得更远一些，到田野、树林、河流，甚至更远的山口。望着四周满山郁郁葱葱苍翠欲滴的松树、柏树，还有更多不知名的草木，湛蓝的天以及在天空中悠闲漫游的云朵，我不觉陶醉其中。往往，这时，我会有新的发现。譬如，自然界的植物，如果不能在风声中舞动，那么就只能倾倒在风的脚下。再譬如，没有风的伴奏，鸟的叫声就张扬不出韵律，河水的流声就柔弱无力。还有，山口的风，在傍晚会不遗余力，释放出它所有的能量，摇晃得树杈间的鸟巢左右摇摆，树枝、山石瑟瑟作响。如果，时间再持久些，山涧里，精细的草叶会摇曳出延绵起伏的月光。山谷里，不分明处暗处，铺展开一波波辗转不定的海浪。

"风带着传说/传说带着绮丽的梦/你轻盈地走来/银梦里又多了一个你/啊/含笑的你/明澈的你/风吹着你/飘起/飘起/ 飘起……"

这是邓丽君唱过的歌，轻松的语调里，暗喻着风的情怀。

听风吟诵，这是一种平民意识。宋玉的《风赋》揭示的那种"不择贵贱高下而加焉"的品质正是风的追求。它的骨子里没有虚伪。它永远不会如人类中的某些人一样粉饰太平，也不会因富贵而俯首，因贫穷而背弃。因此，富贵者感受不到风的恩慈，而贫穷者即使家徒四壁，也感恩着风的关怀。在精神临近崩溃，身躯几近枯竭之时，吸口风，也会滋发生存的勇气。

四

　　自然界充满风的情怀，风是大自然内心的絮语，是大地的长笛和洞箫。它攀缘着古老的松枝，逾越过坚固的城墙，深入到深邃的丛林；它穿着青藤编织的草鞋，走过大海和岩石，在人类以及生物呼吸过的每一处地方，都吹奏起生命的旋律。

　　风的吟唱，注定要为大自然留下杰作。

　　在贵州，我看见了黔灵湖，才恍然它是风的意念。黔灵湖的水质清澈，静雅宜人，湖中廊桥水榭，绿杨碧柳，但我的目光只在水的波纹上。风的翅膀，不经意滑过湖面，自然、流畅、清爽，看不见摸不着，却有力量的存在。风带来了天上的阳光，湖水便丝丝缕缕，有时是排排曲线，像叶叶帆船在水中摇来荡去；有时会形成粼粼的圆纹，一圈圈向外传播，像天上掉下来的朵朵白云。那个圆心，冷不防会蹦出晶莹的水珠，先是一珠，接着是排列向上的无数珠。风生气的时候，会把湖边的一颗石子扔进湖里，或者折下一根树枝抛进湖水，让水裂开一道道旋涡。

　　是的，风是一个美术师，为大自然留下一幅幅风景佳作，就如黔灵湖的水纹。风的咏唱，将自然万物布局得十分得体，让万物熨帖人的心灵。风的语言我听不懂，我无法走进它的内心，但是我会常常感知它的存在，欣赏它的杰作。

我去过广东的丹霞山，它奇异独特的地貌是风艺术之声的神来之作。红色的岩石上深深地留下了风歌唱的旋律。陕北靖边地处毛乌素沙漠的边缘一处处的红砂卯，正是终年吹个不停的风造就的。风的声响将戈壁打造成无与伦比的杰作，辽阔、壮观、斑斓和丰满的曲线，沙浪像水波一样一层一层地向前推进，时而高时而低，时而湍急时而轻缓，沙丘就像是一朵朵涌起的浪花，在沙海中绽放。这一切都是风的杰作，它像一个画家，在金黄的画布上尽情挥笔，即使只有一种颜色，也让它时而悦动，时而静谧，时而铿锵有力，时而舒缓流畅。视野里，山丘的脊梁，如一道道近乎完美的线条，勾勒出沙漠棱角分明的轮廓，撑起绝伦的美丽。在沙漠附近的山地，人们往往可以看到许多稀奇古怪的岩石：有的像巨人，有的像竹笋，有的像蘑菇，这些是风对岩石玩的把戏。这哪是沙漠，分明是风神用斧钺刨削出来的人间胜景。

　　敦煌城南的鸣沙山，狂风起时，山体会发出巨大的响声，轻风吹拂时，又似管弦丝竹，人只要从沙丘上往下滑就会发出轰鸣声。

　　从额济纳到阿拉善右旗沿途荒芜的戈壁叫海森楚鲁怪石林，其成因源于风化和沙子的磨砺所形成的，随处可见的造型各异的巨大怪石，让人类体会到什么叫作怪石嶙峋。

　　说到怪石嶙峋，新疆克拉玛依东北的乌尔禾的魔鬼城便是它的极致。它是自然界的风城，城楼耸立，街巷纵横，台地支离破碎，高低不平，呈现出针状、锥状、塔状、蘑菇状等奇异的地貌特征。它并非古城堡的遗址，而是风塑造出的一座残城。谁能会想到，一亿多年前的早白垩纪，这里还是一个巨大的淡水湖，植物茂盛，蓝天中翱翔着翼龙，湖畔生活着克拉玛依龙和乌尔禾剑龙，一派生机勃勃的景象。是风的吼声，造就了魔鬼城的奇特之境。

书中说："灵魂如风。"在魔鬼城，我触摸到了风的灵魂。

少年时，我记住了一句歌词："风从远古来，你在何方？"

远古，我期盼那样的意境。从海面上迈着舞蹈家的步伐，踏浪而来的摇滚少年，在空旷的舞台上放纵激情，还有孤独。梦中，那少年依稀是我自己，摇滚着风走回远古。我随着风儿走出屋。风儿去哪儿，我便去哪儿。这不是偶然的举止，不是冲动，是对风的迷恋。

家乡小镇的旷野，总是穿行着风的影子。夏秋季节，傍晚的风，一点点驱赶着白日的炎热，坐在田埂，躺下，展开肢体，解开衣扣，敞开胸膛，让风零距离与我对话。

风摇晃着枝叶，过去只晓得它是一种风景，哪儿懂得那是风在歌唱。

风一生都在忙碌着，吹绿了大地，吹来了收获，吹来了云雨，吹走了尘埃。它用芊芊的细手牵引着生命的成长。它的胸怀揽天铺地，竟是这般宽阔。无人知晓风的情怀有多么远大，风的梦境有多么辽阔。谁能将风的心魂，系在树的枝头？

风，触摸着万物的呼吸和心跳。万物，也触摸着风的呼吸和心跳。风扔下的羽毛，被大地捕捉；风的脚印，被蚂蚁搬运；风的背影，被农夫追赶；风的忧伤，被月光浸润。

用生命聆听风声，是一个明智的抉择。童年里的春日，在田野里、河渠旁采摘野花。花儿摇曳，蜂蝶舞蹈，风柔柔的，吹进稚嫩的身心，催促我的成长。少年时，铺一块草席于沣河岸上。如果是有月的夜晚，躺在河滩的沙子上，聆听风吹过头发，吹过胸脯的声音。轻柔、悦耳。是那种感觉。秋天的风会大些，有时会携带着呼哨，这适宜于中年的成熟和历练。坚韧的筋骨，被风涤荡之后会更强硬，足以抵御人生的悲伤和不幸。我还没有抵达老年，只能做着这样的设想：寒风里抖抖胡须，甩甩僵硬的腿脚，然后带着风回家，写自己的回忆录。

将生命托付于风，随时调整自己身体的平衡，平息自己骚动不安的心灵。也许，这就是自己的天命。烦躁的时刻，撕下一缕清风安静躁动的心灵；忧伤的日子里，让大风吹乱我的头发，忧伤会随风而去；得意的瞬间，我会伫立在高处，聆听风的教导：冷静，再冷静，千万别得意忘形……

佛陀讲："一切有为法，如梦欢泡影，如露亦如电，应作如是观。"他还说："如是因，如是果，如是本末究竟。"这是风隐秘的表述。

佛法都在风里了,我为什么不能从中觉悟呢,还是静下心来,聆听大自然的风声吧。

据说,风是太阳的儿子。依此判断,风能是太阳能的一种表现形式。按照科学的解释,风是从太阳大气最外层的日冕向空间的持续。如此,太阳的生命有多久,风的历史就有多长。从远古而来的风,亲吻过恐龙的脚趾,拥抱过猿人的爱情,见证过女娲补天的英姿和精卫填海的豪迈。它历尽沧桑之后,凭着丰富的阅历,成为大自然的智者。

风是大自然内心的絮语,是大地的长笛和洞箫。它披着思想的翅膀,攀附着古老的松枝,逾越过坚固的城墙,深入到深邃的丛林;它穿着青藤编织的草鞋,走过大海和岩石,在人类以及生物呼吸过的每一处地方,荡漾起生命的旋律。

"人安静地生活,哪怕是静静地听着风声,亦能感受到诗意的生活。"在德国哲学家海德格尔的这句话上,我按下了心灵的按键,将它收藏。

聆听风的音乐之声,感受生命之轻重,注定成为我人生的一次次演练。我见证着风的凌乱,风关爱着我的成长。无风的昼或夜,我会感到恐慌不安。在烦恼、寂寞的时光里,在写不出任何文字的片刻间，我一定会走出屋子，走到田野里，来到河流旁，甚至骑着车子赶到某个山沟的出口处，打开衣衫，敞开胸怀让风梳理我的心境，享受风的关爱，倾听风的歌唱。惬意的时刻，我会打开肢体，伴风舞蹈，随风怒吼。

风止，树静，而我的心仅动了一下。"树欲静而风不止。"这便是禅心了。自然界的一切物象，都在风的吟诵中寻找到灵感，还有快乐。我确信，人之所以总是会不断地产生联想，是因为风的作用。风的踪影，总是将眼前的景物牵向远方。

庄周这样说："你感觉到风的重量了吗？人生天地之间，若白驹之过隙，忽然而已。"站在从远处吹来的风中，我会忘却了白日的躁动和忙碌，沉静在风的音乐里，想着物质以外的东西，这样的境界很难。对我来说，逃离喧嚣的街头，听风吟诵，临风眺望，是一种精神的盛筵。即使在冬天，我也不会讨厌风的战栗。

倾听植物的声音

年轻时，看过一幅梵·高的油画《森林中的少女》。画面是几棵绿色山毛榉的树身，一片盖着枯树叶的地面和一个穿白衣的小姑娘。铺满落叶的红褐色地面，因树荫而乍明乍暗，斑驳陆离。我的目光聚焦在少女脚下的黄叶上，忽然就听见了树叶的颤抖声，听见了少女那富有韵律的心跳。

在我居住的户县，行道树隔些年头就换一茬。我记得，道旁最早的是杨树。在北方，它是最普通的树种。秋天，叶子半黄半绿的时候就开始坠落，无风的日子里，宽大的叶片转几个身就落在马路上。杨树的黄叶颜色虽不值得称道，但踩在脚下清脆的破裂声音，以及渲染出的秋韵，却让我回味。后来，行道树换成了槐树。秋风扫荡的日子里，老槐细碎的叶子在树根拱起凸凹的土地上堆积了一层深沉的黄色，与稳健的青色树干融合得自然和谐。蹲下身子，掬一捧槐叶，伸手一握，枯黄的叶应声而碎。碎叶流沙般地从指尖流淌，宛若品味生命的漫溯，抚摸时间的脉络。我甚至不忍心踩踏那些铺展在地上的落叶，因为，从吱吱呀呀的声音里，我总能感受到叶子的心碎。

我有时做着这样的猜想：在动物、昆虫登场之前，最初的世界是无声的——世界很安静。此刻，只是植物的世界。各种的植物在表演着不同的声音：喜悦、悲伤、愤怒、呼唤、呢喃，甚至还有植物之间的对话……只是，恐龙出现了，飞禽出现了，猿猴出现了，它们用更大的分贝，淹没了植物的声音。

生长了数十亿年的植物们，会以怎样的方式表述自己的情感和诉求？这是我感兴趣的话题，我执拗的看法是：当动物们沉寂下来时，植物们就开始说话了。

我倾听着它们的语言，仿佛化身为一株植物。我的身体匍匐在泥土中，身上长着枝叶，并绽放出绚丽的花朵，在人类、动物、昆虫声音的间隙里，迎送朝霞黄昏，期待阳光雨露。

植物在泥土上扎根生长，这便是生命。有生命的东西，自然会有声音。只是，人类的耳朵太愚笨了，听不到植物种种美妙的声音。对此，科学的解释是：任何植物都能发声，只不过它的发声不在20～20000Hz，人们听不到而已。

空谷鸣琴、荷奏琵琶、花开呢喃。这些，并非只是植物禅意的表述。

在漆黑的夜，万籁俱寂，你听见植物的声音了吗？

常见的现象是：风让植物发出声音。很显然，这是外力的作用，并非植物本身的声音。植物的声音，在常人的意念里，是不可思议的事情，但在科学家那里，却是客观的存在。

　　古老的印第安人有这样一个传统：他们在砍树或锯树枝之前，会做上一段祷告，以此来请求树木原谅。现在一些科学家认为，美洲土著居民的这种传统习俗，可能会成为科学家们研究植物也有语言的一种依据。

　　有谁在聆听一朵花的欢笑，了解一棵草的悲伤，感悟一片森林的咆哮？多愁善感的诗人们只是感性地体会着植物带来的心灵触碰，而植物学家们则是与花草树木朝夕相处，对其潜心研究，他们才是真正倾听植物心声，解读植物与人类关系的人。德国波恩大学应用物理研究所在对植物进行最新声学研究后发现：人采花时，花朵会哭泣，人摘黄瓜时，黄瓜会尖叫，甚至连正常生长的水果也会发出咯咯的声音。

　　科学家们还发现，出于生存的本能，植物会对威胁自己生命的现象发出警告。在茂密的大森林里，某些植物突然感到虫咬刺痛，它会马上用声音发出提醒的信号：提防虫子。许多植物在受到伤害时，释放一种挥发性的茉莉酮酸，这是种"体味"信号，甚至在附近的植物感到虫咬之前，这种信号就开始启动附近植物的防御系统了。

　　借助仪器，人类已经听到了植物的声音。加拿大和美国的专家根据植物生理学发现，玉米或其他任何植物的茎秆开始发出超声波时,它们就难于吸收干旱土壤中的水分。把专门的传声器连接在植物的茎秆上,可听到上述声音。波恩大学的科学家弗兰克·朱利曼则为了证实植物语言的存在,研制出了能够探听植物语言的激光驱动麦克风。当植物叶子或根茎被切开时,植物就会发出痛苦的声音信号:在整个切面释放出乙烯气体。他说:"植物受到的压力越大,麦克风收到的声音信号就越强。"20世纪70年代,一位澳大利亚科学家发现植物遇到严重干旱时会发出"咔嗒咔嗒"的声音。后来,英国和日本的科学家通过特制的"植物活性翻译机"发现,不同植物在不同情况下的确能发出各种不同的声音:有些植物的声音会随光线的明暗变化而变化,当植物在黑暗中突然受到强光照射时,会发出类似惊讶的声音;当植物遇到变天刮风或缺水时,会发出低沉、混乱的声音,表示它们正在受到某种痛苦。

我不是植物学家,但是也在执拗地寻找植物的声音。面对着大千世界的自然物象,我不会只是一个观众。

我所居住的小城,常常充满尖厉的叫声——汽车的笛声、小贩的叫卖声、基建工地的轰隆声,甚至还有人故意将铁锹拖在水泥地上发出刺耳的刺啦声;我也常常被淹没在俗不可耐的对话里:汽油涨价了,股票跌落了,打麻将输钱了,谁家的女人偷情了……

也许，这就是生活，可我无法容忍，只好走向田野，倾听庄稼拔节的脆响，小草与泥土的亲昵，以及花开花落的心声……

天空下，泥土上，植物们深情的呢喃，充满芳香的味道，悠扬飘来，余香袅袅。

被尖叫、俗语之声笼罩的时刻，我会走进终南山。它是秦岭横亘关中南部的一段山脉。之所以走进它，是因为它的气场。我一直以为，长安之所以为十三朝故都，缘由在于终南山的气场。集儒、释、道于一体的一座山，文化之厚重无须赘言。在这样的气场下，终南山的植物会发出禅音。

在黄柏峪的一条沟里，我看见了一棵铁匠木——如果在秦岭的树木种类中，要找出一个伟岸的男人，它无疑就是铁匠木。它是林中一条硬铮铮的汉子，即使倒下，也不会弯腰。因此，铁匠木属于北方的树种，秉承着北方汉子的血性。在穿透峡谷的风中，它摇晃着厚绿的叶子，发出坚韧、稳重，一种诵经般的声音。绵长的生长周期，使它阅尽世故而沉稳——铁一般的沉稳。秦岭山有多深，它绵延的身影就有多长。秦岭山有多久，它生命的年轮就有多长。这样的忠诚，令我敬仰、羡慕。它用沧桑的目光，俯视着比它低矮的草木，当然，也仰视比它更高的山峰，以及依附山峰生长的草木。

终南山是不缺风的。风吹过山巅，荡过悬崖，拂过山坡，摇晃着草木。坐在一块巨石上,我认真聆听着它的声音。经它吹过的每一种植物,都会发出不同的声音。呻吟的是小草,狂吼的是大树。高处的树是"呼啦——呼啦——"的响声,低处的则是"唰啦——唰啦——"的中音。铁匠木不会站在高处,它懂得高处不胜寒的道理。它的对面,是一面悬崖。它所发出的声音,流泻出如蜜蜂盘旋在花朵上的那种"嗡嗡嗡"声,从起始的欢快到最后的轻柔缥缈,散发出一种佛音的韵律。奇怪的是,风停了,它仍然余韵不绝,仿佛悬崖那边回应过来的巨鸟的声音。

这就是一棵铁匠木发出的声音,风只是起了推波助澜的作用。从它的声音里,我听出了沧桑,听出了沉稳,感受到了它对一座山的忠诚。

还有匍匐于地,或者缠绕着树身的藤蔓。它们传达出的,是那种颤抖着音符的撕拉声。一波一波的,随着藤枝的起伏翻覆,像奥地利作曲家莫扎特的《小夜曲》,缠绵婉转、委婉悦耳,宛如在向心爱的人表达爱情。

天籁之音,这是我对植物声音的解读。终南山的植物数以万计,每种植物都会表达出不同的声音。如此,它们照应着一座山博大精深的气场。

植物语言,这是一个科学的话题,只是,人类对它的研究仍处于探索阶段。我渴盼并坚信:人们最终一定会破译植物的语言之谜。

忽然想起了祖父。他生命的晚年,在一片柿子树林中享受着孤独。那片树林是他亲手栽植下的,因此他有足够的理由倾听柿树的成长过程。童年的我,有幸陪伴过祖父的晚年。常常看见,他蹲下身子,将耳朵贴在一棵树的身上。我恶作剧地藏在他身后用一根茅草捅他的耳孔。开始祖父以为是虫子,用手掌拍着耳朵。他放下了手,我又去捅。三番五次,我被祖父掏耳朵的样子惹笑了。当他发现是我在作弄他时,便回过头,恶狠狠地瞪我一眼。那时的我不理解祖父那恶狠狠的目光,现在终于恍然了,祖父是嫌我打扰了他的用心凝听。他在聆听一棵柿树的心声,并和它进行着心灵的对话。

有风吹来,柿树的枝叶在快乐地舞蹈,发出幸福的歌唱。祖父走出林中的茅屋,仰起头,手舞足蹈,嗨呀嗨呀地叫着,与柿树们一起合唱,一起欢乐。

还有梭罗。他在瓦尔登湖畔的丛林里建造了木屋,自耕自食,享受着一个人的寂寞。他是为了聆听植物的声音吗?在《瓦尔登湖》第四章《声音》里,他描写着植物生长的声音:

"有时我坐在窗口,见到这些枝条毫不经心地生长,沉重地压着幼嫩的枝节,我听见一枝新长出来的嫩条突然像一把扇子掉到地上，这时空中连一丝风都没有，它完全是被自身的重量压断的。

"有时，在星期日，我听到钟声：林肯、阿克顿、贝德福或康科德的钟声，在风向适合的时候，柔弱甜美，仿佛是自然的旋律，真值得飘荡入旷野。在适当距离以外的森林上空，它得到了某种震荡的轻微声浪，好像地平线上的松针被大竖琴上的弦拨弄着。一切声响，成为宇宙七弦琴弦的微颤，这就好像极目远望时，最远的山脊，由于横亘在中的大气的缘故，会染上同样的微蓝色彩。这一次传到我这里来的钟声带来了一条给空气拉长了的旋律，在它和每一张叶子和每一枝松针寒暄过之后，它们接过了这旋律，给它转了一个调，又从一个山谷，传给了另一个山谷。回声，在某种限度内还是原来的声音，它的魔力与可爱就在此。它不仅把值得重复一遍的钟声重复，还重复了林木中的一部分声音；正是一个林中女妖所唱出的一些呢语和乐音。"

我不知道，梭罗是用他怎样智慧的耳朵，听出了枝条落地的声音，听出了一张叶子和一枝松针的寒暄。但我知道，将心灵沉浸在寂静、空灵之中，自然就会听见植物发出的声音。

祖父与梭罗，在不同的时代为我呈现出植物生命的景致。在我的意念里，他们是大自然的智者，是植物虔诚的听众。

我渐渐明白了，在上帝还没有为祖父和梭罗安置出能够听见植物声音的耳朵之前,他们所听见的植物的声音,其实是自己心灵里的声音。这声音,是与大地上的植物心灵默契的结果。

三年前的那个冬天,我卸去了官场的拖累,在黄叶遍地的草堂路轻松地行走。我从来没有感到过,如果心中没有俗尘和杂念,行走那个词的含义,原来竟是如此简单。在体育场南边的饮食街,我抬头看见了一片梧桐树的叶子。一树光秃,只有它没有掉下来,在树枝上孤零零地摇曳,用我所能感受到的语言诉说着孤独的意义。我知道,不久它就会消失在风里,回到养育了它的土地,这是它的归宿。但是,让我惊奇的是,那片叶子竟然在树枝上悬挂了五十多天。自然界的一些奇异现象,常常令人类惊诧。佛说:"应无所住而生其心。"六祖惠能说以"无住为本",即"念念时中,于一切法上无住,一念若住,念念即住,名系缚;于一切法上念念不住,即无系缚。"(《新敦煌本坛经》)

春来了,发出新芽,秋来了,落叶归根,无系无缚,才得自在。那片黄叶没有掉下来,是眷恋什么呢?一叶知秋。《淮南子·说山训》中说:"见一叶落而知岁之将暮。"那片没有掉落的叶子,是在植物们都静寂下来的舞台上做着最后的演说。

燕子还未归来的时候,那片高挂树枝的梧桐树叶,终于回归大地。那个傍晚,我在那棵树下站了许久。寻找一片叶子的踪影,期望和一片叶子进行心灵的对话,这纯属于精神的需求。我没有找到它的去向，不过，我不会感伤。一个冬天的守候，便是生命的奇迹，还有什么遗憾呢？

我宛若听见，在我的脚下，一片融入泥土的树叶，在散淡地叙述着自己生命里的细节。

霞光璀璨，灯红酒绿，噪声四起，而身处于小城的我依然孤独，竟把生活和享受辜负。风吹来，云散去，小城永远都在演出一个个或精彩或乏味的故事。唯有我，执拗地在小草的摇曳里，在花朵的盛开中，在树叶的枯黄里，倾听着它们幸福或悲伤的声音。

远逝的虫子

一个人的童年，与虫子相伴，这是天性。那些虫子，守护着我的童年，慰藉着我的心灵，我真的应当感恩它们。可是，那会儿只想着自己高兴，压根就顾及不到虫子们的情绪，甚至在它们身上弄出许多恶作剧来。譬如说随手就捏死一只蚂蚁，烧死一瓶子的萤火虫，在田野里架起一堆柴火，烤着一只知了的肉吃，将活蹦乱跳的"黑油油"喂给我家的鸡，再或者，撕掉一只漂亮的黑蝴蝶的翅膀，不让它再飞向空中。

中年时，读到朱赢椿先生《虫子旁》里的一段话："有时还会想到，当我趴在地上看虫的时候，在我的头顶上，是否还有另一个更高级的生命，就像我看虫一样，在悲悯地看着我？"这段话让我惊出一身冷汗，文中的"另一个更高级的生命"是什么呢？是菩萨、上帝，或者是被清洗了污浊的人的内心？

在此，我为自己曾经的恶作剧忏悔，向大地上的虫子们忏悔。

与人类一样，虫子也有着自己的生命轨迹、生活方式，以及生命的价值。这个世界很大，但在虫子的眼里却是很小，在它们的认知中，一堆泥土就是一个家，一个水洼就是一片海洋，一片叶子就是一顶雨伞，一朵花就是一座岛屿，一块石头就是一座高山，为了一粒米，便值得它们相互残杀……它们生生不息，代代繁衍。

这便是虫子的生活世界。作为人类，我们要尊重它们，不要破坏它们安身立命的环境，打扰它们自以为是的生活，更不要随意牺牲掉一只虫子的生命。

因为虫子并不渺小，不要轻视它们，更不要伤害它们。在生存智慧这个层面，它们丝毫不逊色于人类。

那些远逝的虫子，你们还记恨我吗？

在我生命诞生地的秦渡镇，我捉到了第一只虫子，是蛐蛐儿，在一堆砖瓦砾中。放学了，一个叫张石娃的伙伴说："咱们去捉蛐蛐吧。"他的脑袋中央有一撮黄头发，被孩子们瞧不起，说他是外国的杂种。他的书包里总是装着一个瓶子，里边是不起眼的蛐蛐。没有伙伴愿意跟他的蛐蛐斗，因为他的蛐蛐是扶不起的阿斗。一见到别人的蛐蛐，它就退缩、颤抖。孩子们都讥笑他，唯独我同情他。那时，我还没有捉到过一只蛐蛐，就整天缠着他，央求他带我去捉蛐蛐。

他说："那我带你去捉一只吧。"

那天，我们在砖瓦砾中翻找，我捉到一只小的，张石娃捉了一只大的。他欣喜若狂，为它起名"关云长"。我用自己捉到的那只和他的"关云长"在一个瓦盆里相斗,谁知我的那只缩作一团,绕着盆转圈。张石娃安慰我说:"等我再捉了更大的,就把'关云长'送给你。"他拍拍我的头,一副怜悯者的表情。

有了这只"关云长",他就神气了,主动出击和班里其他孩子的蛐蛐相斗,结果"关云长"总是昂起头发出胜利者的欢叫。伙伴们诧异了,这家伙从哪儿弄来了这么一只蛐蛐?此后,他的形象就改变了,垂落的头颅高扬起来。头顶的那撮黄头发,仿佛一面旗帜在风中飘扬,伙伴们对他肃然起敬,不再叫他外国的杂种了。

那时纯粹是童心,捉上两只蛐蛐放在瓦盆中,用一根草挑拨它们相斗。两虫相斗,钳牙相对,或虚晃一枪,反牙相击……小小的斗盆成为虫子们显示强弱的战场。蛐蛐的撕咬、对峙全凭主人手中那根草的指引。虫子毕竟是虫子,虚实相间的战术完全出自主人的引逗。一番厮杀后,胜利的一方会摇晃起晶亮的羽翅,那是胜利的捷报。对我们来说,倾听胜利者的欢叫,便是品尝幸福的过程。

在我的童年时代,想不出还有比斗蛐蛐更有吸引,更刺激的游戏了。因此,我总是盼望麦子的收割,玉米的出茎,秋风的袭击。一放学,回家提上一个瓶子四处寻找瓦砾堆。田野里也有蛐蛐,可是很少有体大善斗、叫声悠扬的。那种蛐蛐,大约喜欢坚硬空旷的环境。

伏下身子,屏住呼吸,小心翼翼地翻开一块砖块或碎瓦,发现一只看中的,双掌合拢,拘于掌心,放进瓶中。

我不喜欢"关云长"那类勇猛的蛐蛐,更不喜欢为它寻找一个对手,看着其中的某一个被咬的遍体鳞伤。我捉蛐蛐儿,纯粹是为了听它唱歌。

那年暑假,我在姑爷家住了一段时间,捉到了一只心仪的蛐蛐,身姿细长,双翅晶莹,我为它起名"林黛玉"。姑爷不喜欢我玩蛐蛐,说什么玩物丧志。我把"林黛玉"装在一个罐头瓶里,藏在姑爷家院子里核桃树下的草丛里。姑爷不在家时,我扒开草丛,给它喂食喂水,它便为我啼叫。我仰躺着,望着一树的果子,享受聆听的欢乐。它的叫声,在果子成熟的幸福声中缓慢、短促。像是我后来听到的罗伯特·舒曼歌曲集《桃金娘》第三首《核桃树》。那首歌曲的旋律大多是"短呼吸"式的小句子,颤动出树叶沙沙作响的诗意。

一只心爱的蛐蛐,如同一个恋人,需要想方设法呵护,下雨了,我怕它冷,把盛装它的罐头瓶放在热炕的一角。为此,我受到了姑爷的斥责。避开姑爷的目光,我又把瓶子塞进炕洞,怕它渴,用一个瓶盖,盛上水放进瓶里。

蛐蛐儿喜欢吃西瓜的籽仁。姑爷家很少吃西瓜,我就到街上的瓜摊边等待。人家啃着瓜瓤，我的目光随着瓜子的下落而漂移，现在想起，真有些下贱的感觉。可那时，为了我的蛐蛐，一点都不脸红。后来，我看到一份资料，蛐蛐的食物很多，大豆、米粥粒、鸡蛋白、绿叶菜、胡萝卜、生苹果、生芝麻、血羊肝、牛骨粉、菱肉、蚂蚁、苍蝇、熟蟹肉、熟虾肉、熟鲫鱼肉……可惜的是，那时，我无法获得这些信息。

蛐蛐是鸣虫，可是，那优美动听的歌声并不是出自它的嗓子，而是它的翅膀。奇怪的是，这个简单的道理，我一直蒙在鼓里。现在，才恍然大悟。

一只蛐蛐，可以改变一个人的形象，这是我没有想到的。拥有了那只"关云长"，张石娃的天性里，就多了好斗的成分。此前，他的心思全在学习上，功课学得极好，自从"关云长"到手后，他一门心思找别的孩子的蛐蛐战斗，学习成绩每况愈下。不多久，学校就乱了，小小的年纪，也分成两派。张石娃是我们这一派的头头，他的嘴巴念起语录来，发出节奏感极强的声音，仿佛蛐蛐获胜时的叫声。再后来上了初中，他领着一伙学生，戴着红袖章，举着语录本，开校长和老师的批判会。在学校闹腾还不够，我们又夺了公社的大权。公社的大圆章，被张石娃装在了身上。冬天的晚上，他和几个学生围着一个火炉在公社守夜。也许是太累了，他睡着了，倒在了炉子上，一条腿被烧焦了肉。因为没有及时去医院治疗，从此他落下残疾。走路的时候，一条腿跛着，如同在相斗时被咬掉一条腿的蛐蛐。

我常想，张石娃的性格和命运难道是由于一只蛐蛐引起的？由此，我就多了些自责。如果，我不央求他去捉蛐蛐，他会获得那只"关云长"吗？会在同学们面前趾高气扬吗？

我又联想到蒲松龄《促织》里的成名，由蛐蛐而喜，由蛐蛐而悲。人的命运，系在一只小小的昆虫的身上，真是大不幸。

也是在读过《促织》后，我才知道蛐蛐又名蟋蟀，亦称促织，蛐蛐不过是它的俗名。当时一直不解何以叫促织，后来明白了：蛐蛐的叫声在秋风初起之时，可提醒人织布添衣。称它为促织，本质上是体现人文关怀的，却为人类演绎出诸多的不幸，就连它也感到委屈。

我捕捉到的第二类虫子，是知了。

知了的学名是蝉。不过，除非文字的表述以外，我一直沿袭着童年的叫法。

三年级那年暑假，我在一片杨树林搜寻着知了，一位陌生的男孩不知从什么地方冒出来。他和我一样的年龄，眼睛如知了壳一般晶亮。

他说，你吃过知了肉吗？很香的。

我问他，怎么吃啊？

他说，你能逮住一只活着的知了吗？

我说那有什么难的，便上树捉住一只正在潜心鸣唱的知了。

他让我捡些树枝来，自己跑回家取来一盒火柴。我们点燃了树枝，他把一把泥土放在一个水坑里和成泥，包裹住了那只知了放进火堆里烧。过了会，他说熟了可以吃了，就熄灭了火，拿出来那只被泥包裹着的知了。

剥去泥，一只黄亮的知了就呈现在我的眼前。那个男孩用手指撕下一小块塞进嘴里，又撕下一块递给我，说吃吧，很香的。我疑惑着，但是看他吃得很贪婪的样子，就张开嘴巴塞进去那块知了肉。一种从未有过的香喷喷的味道弥漫在口腔里。此前，我只有在过年时才能吃到猪肉。肉的诱惑，对于童年的我是那样强烈。

知了的肉香，与猪肉的味儿完全不一样：细腻、柔滑。这是我生命中完全崭新的味道。吃完了那只知了，我忽然有了一个强烈的念头：再捉几只知了，烤熟让我吃饱。这样的幸福感觉，我之前为什么没有找到呢？

男孩的母亲在喊儿子回去。他起身跑了，树林里只剩下一个孤独的我。忽然一阵冷风穿心而过，树林里的知了忽然齐声嘶叫起来，知了——知了——不像是我过去听到的那种悠长带着节奏，非常贴心悦耳的声音，而像是带着生气的呐喊声，让我的心灵震颤。我一阵恐惧,浑身颤抖着跑出树林。

许多年后,我才悟出,物象与心灵感应之间一定存在着某种必然的联系。一切的自然物象,在不同的心灵背景下,会有不同的感觉效果。这是哲学的范畴。童年时杨树林的知了叫声没变,而是我的心灵有了罪恶。

那个秋天,我似乎懂事了。此前,我也曾和孩子们一起烤麻雀,那香喷喷的麻雀肉啊,在我的肌体里扩散。但自从吃了那只知了肉后,我对烤麻雀也心生惊悸。每当伙伴们邀我用弹弓射击树上的麻雀时,我便飞快地逃走。

我所沉淀的味觉里,潜藏着一只烤熟了的知了肉。随着生命的前行,它给我带来的心灵感觉不是喷香,而是一种犯罪。拥有了如此的感觉,我再也不敢杀生。刚结婚那几年,妻子将一只咕咕叫唤着的鸡,或者一条活蹦乱跳的鱼买回家,将菜刀交到我手上,让我扮演一个刽子手的角色,我说我下不了手,还是你来吧。妻子也是胆小之人,只得请邻居帮忙。鸡鱼的尸体一上桌,我便有了作呕的生理反应。

越是朝着生命的纵深挺进,我越是内疚对一只知了的残杀。四十岁那年,我热爱上了法国昆虫学家法布尔,拥有了他的《昆虫记》,阅读到了如此的文字:"四年黑暗的苦工,一月日光中的享乐,这就是蝉的生活,我们不应厌恶它歌声中的烦吵浮夸。

因为它掘土四年，现在忽然穿起漂亮的衣服，长起与飞鸟可以匹敌的翅膀，在温暖的日光中沐浴着。那种钹的声音能高到足以歌颂它的快乐，如此难得，而又如此短暂。"

如此短暂而又难得的虫子，我有什么资格和理由剥夺了它的生命，将它化为我的美味佳肴？

处于尘世，我自然回避不了一些热闹的场面。然而，对于餐桌上一切由生灵演变成的肉，什么青蛙肉、螃蟹肉、驴肉、狗肉、兔肉、鸭肉、蛇肉……我是一概排斥的，看着别人津津有味地吞吃那些生灵，脑海里总是闪现出它们活着时的可爱，以及被宰时的挣扎和绝望，心头便弥漫忧伤。

充满诱惑的味道，并不都是幸福的感觉。而在我生命的初期，一只被烈火焚烧的知了，曾经误导我对幸福含义的解读。好在，我从那样错误的解读中醒悟了过来。从而，对于那些在大地上生存着的虫虫鸟鸟，我尊敬它们，以我有限的能力呵护它们。

夏天里的小虫子，记得起名字的还有纺线虫、捶布虫、织布虫、磕头虫、萤火虫。

捶布虫、织布虫的形状已经记不清了，只保留着它们美好的名字。

纺线虫长着一对黑黑的小眼儿，脖子下有一个天然的小环儿,穿一身黝黑铮亮的袍子。捉它需十二分的小心翼翼,用小木棍插到它藏身的榆钱树洞里,戳呀戳的,它就出来爬上手掌,像个听话的孩子。双手捧着它,它似天然的风扇嗡嗡地张开翅膀为我吹汗,四条细腿随着翅膀地张开,不断伸展收缩,那情状宛若纺线的祖母。

磕头虫的个头不大,身长也就两个米粒,一身黑,像上了油,油光水滑。它的躯壳硬硬的,前胸腹有一个楔形的突起,插入到中胸腹面的一个槽里,形成一个灵活的机关。它的胸肌肉收缩时,前胸准确而有力地向中胸收拢,不偏不倚地撞击在地面上,使身体向空中弹跃起来,宛如跳高运动员,在空中来了个后滚翻,再落在地面时,脚便朝下停在那里了。捉它时,动作要快,大拇指和食指捏着它的两侧。它仿佛求饶,又仿佛谄媚,"磕巴——磕巴"不停地向我点头。我拿着它走到祖母面前,让她为祖母磕头,祖母摆摆手说:"放了它啊,好歹是条命呢。"祖母闲下来,就去村里的寺庙里念经,一生吃素,对于我喜欢捉虫子这事,她总是絮絮叨叨。可是那会儿,她的话我哪里听得进去。

初夏,没有月光的夜晚,沣河边的野草丛中,亮起了一盏盏绿莹莹的小灯笼。我们知道,那便是萤火虫了,于是结伴去捉。萤火虫飞得很慢,飞行高度又低,很好捉。这种虫子身体娇弱,不能直接用手抓,一是用网兜扫,二是用大口的玻璃瓶装。正在飞行的萤火虫，月网兜一扫就进去了，即使没有扫到，也会在网兜的碰撞下落在地上。有的萤火虫静止在草丛中或树枝上，我们便举着玻璃瓶，靠近后将瓶口对准它，快速将其轻抹入瓶。萤火虫在透明的玻璃瓶闪光，会吸引其他的异性萤火虫飞进瓶子里。玻璃瓶盛满萤火虫，就会闪烁出灿亮的光。

后来，我知道了"囊萤夜读"这个成语，就十分遗憾没有像东晋的车胤那样，借着萤火虫的光亮读书。

忘不了我的一个罪恶，夜晚过后，是灿亮的白昼。玻璃瓶里的萤火虫，不再发光了。于是，我用火柴点燃了一把茅草塞进瓶子，将它们全部烧死了。

那会儿，我若无其事地吹着口哨。

还有一种虫子，我们这儿叫它"黑油油"，会蹦会跳也会叫。我捧着一个瓦罐，尾随着它跳动的节奏，四指并拢成一个半笼状，瞅准机会猛地扣下去，它就被我俘虏。运气好时，一个晚上就能捉小半桶。可惜的是，"黑油油"不能吃，扔了又可惜。于是，我家的公鸡母鸡们，便有了一顿丰盛的晚宴。

法布尔在《昆虫记》中又如是说："其实，并不是稀罕的虫子才值得关注，那些看似平淡无奇的虫子，如果好好观察，同样会发现许多有趣的事情。普通并不等于无足轻重，只要我们给予重视，就会从中发现有趣的知识。无知常常使我们看不到它们的价值。其实再不起眼的生物都是构成大自然生活乐章不可缺少的音符。"

是的是的，纺线虫、织布虫、萤火虫以及"黑油油"都是属于"平淡无奇"的虫子，但它们依然有着生命的意义和价值。它们与人类在大地上共同生存繁衍，谱写着生命进行曲。

就生命的尊严而言，虫子们与人类是处在同等的地位。

在如此的认知层面上，我怎么会忘却了我曾经的罪恶：虐待磕头虫，火烧萤火虫，将"黑油油"当作食物喂给我家的鸡……

我们家后来迁到了秦岭终南山下的庞光镇。夏秋季节，镇子南边的曲峪河不知疲倦地流着水。河北岸是条很长的土石坡，我们叫河坎，乱石中长着蒿草、刺棘，蚂蚱隐藏在其中，勾魂似地啼叫。麦子收过，我和孩子们背着背笼，用铁筢去搂麦秆。那时，我个子矮，跟背篓一样高。别的孩子搂满了一背篓麦秆，上了河坎捉蚂蚱，我还背负着铁筢在地里转圈。那孤独的背影在广阔的田野里，显得那样渺小、无助。常常是，孩子们捉到了蚂蚱撤离河坎，举着蚂蚱笼呼喊着我的名字时，我的背笼才装满麦秆，便飞快地去捉蚂蚱。

对于蚂蚱，我们不叫捉，用"逮"这个字，发音时有种恶狠狠的感觉。听见哪儿的草丛里有蚂蚱叫，便屏住呼吸，瞪大眼睛，猫腰悄悄地向它靠近，如螳螂捕蝉一般，嗖的一下飞快捉住，在这个过程里，常常是小腿、胳膊和手心手背被野枣刺划出一道道血痕。这血的代价，便是一只可爱的蚂蚱。如果是那种品相极佳的"绿板子"，逮住了会欢呼跳跃。捉住一只蚂蚱，放进预先准备好的小竹笼里。回家后，当然要伺候它，喂水，采集北瓜花给它吃。蚂蚱的叫声里有种动听的韵律，像马头琴奏出悦耳悠扬的《命运》曲，我的心脏随着它的叫声有节奏的颤动。

捉蚂蚱的感觉，不知道有多爽！有了这无比愉悦的逮蚂蚱过程，曲峪河就成了我幸福的乐园。一到麦收时节，我就止不住生命的冲动奔向那儿，在河坎的草丛里寻找蚂蚱的踪影。

窗外，一只蚂蚱装在笼子里，这是我养的蚂蚱。从夏天的尾声一直到秋天，它一直享受着吃北瓜花的待遇。在我为它采集的所有食物中，它对北瓜花情有独钟。吃了一小片，它感激似地振翅鸣叫。在秋风秋雨中，它的翅膀摩擦声软绵无力，细长的腿肢日渐收拢。几天后，它死在了竹笼里。它侧身躺着，腿肢不甘地前伸。几天后，天放晴了，但我仍然无法从阴影中走出，潮湿的心能拧出水来。梦里，一些阴影总像毒蛇般纠缠着我。我在后院挖了个坑，把枯干在笼子里的蚂蚱用土掩埋了。

那是我童年里捉到的最后一只蚂蚱，不是在曲峪河的河坎，而是在化羊峪的山坡上。目睹过它的死亡过程，我再也没有了捕捉蚂蚱的兴致。

五十岁那年的春天,我辞去了县文化局局长的职务,讨了个文联主席的闲职,突然萌发了重温童年里捉蚂蚱的乐趣。于是,我去了化羊峪口的一个初中同学家,借用他家屋旁的空闲坡地种菜。春天里,我撒下的种子有韭菜、香菜、大蒜、葱、丝瓜,还有葫芦。清明一过,我栽上了西红柿、黄瓜、茄子、辣子、豇豆的苗,用竹竿、树枝为西红柿、黄瓜、豇豆搭了架。经营这块菜地,完全是为温习童年寻找一个合适的理由。说白了,我想体验童年捉蚂蚱的感觉。

夏天到了,蚂蚱应当鸣唱了,我得先准备一个蚂蚱笼。少年时,我曾亲手编织过许多蚂蚱笼,现在懒得做了,索性在县城的竹器市场买了一个左右两间屋的竹笼。曙光初露,我蹬上自行车,兴致勃勃地去自己开辟的菜园为蔬菜浇水、除草、施肥。其实做这些用不了多长时间,接下来的时光,我便在山坡的草丛里寻找蚂蚱。令我沮丧的是,尽管我凝神谛听,坡上连一声蚂蚱的叫声也没有出现,就连那最普通的"绿猴儿"也失踪了。老同学告诉我,现在到处喷洒农药,坡上早就没有蚂蚱了。

为了填充蚂蚱笼的空虚,我捉了几只花花绿绿的蝴蝶放进去。它们在里边挣扎着翅膀,竟然不知收缩起翅膀就可以钻出去。我不忍心目睹少女般的那些蝴蝶的痛苦状,于是还回了属于它们的自由。

那个瞬间，我的心一阵空落，陡然间失去了在此种菜的兴致。秋天还没过去，我就借了个理由不去了，倒是麻烦得那个老同学骑着车子下山，为我送来了那块地里长出来的蔬菜。

曾经，我是那么不喜欢冬天，缘由不仅仅是因为寒冷，更在于冬天里看不到虫子，听不到虫子的啼叫。隆冬，每当看到皑皑白雪覆盖下的大地，我总会想到地底下的虫子。我在想着，在像厚厚棉被的积雪之下，小虫们感觉到温暖了吗？

好在，冬天总是一眨眼就过去了，我也从童年走向少年。春暖花开，我登上了化羊峪西边的山坡。那里有条蝴蝶沟，沟里的蝴蝶，一律的黑色，不带一点鲜艳，那种锅底一般的黑，让我心醉。它们有大有小，宛若一个庞大的家族，大的像蝙蝠，小的像蜜蜂。春夏的日子里，蝴蝶特别多，相约一起在坡上跳舞。没有蚂蚱可捉，我的嘴里含着一根草，躺在沟里的乱石中仰望蝴蝶。沟里的女孩儿、男孩儿都到坡上来捉蝴蝶。女孩儿捉小的，男孩儿捉大的。一个个手舞足蹈，甚至不慎滚倒在坡上，竟然还笑声不止。

一个叫秋霞的少女，邀我去那条沟里捉蝴蝶。她是那种小眼睛的女孩，像是潜藏着心底的秘密，令我喜欢。我们两家在一条街上,她常常让我带她去捉蛐蛐儿,捉纺线虫,捉磕头虫,捉蝴蝶。她是那样爱着小虫子,跑起来的动作也像一只翩翩舞动的蝴蝶。她的背影,常常让我若有所失。

初中一年级那个暑假的最后一天,我带着秋霞去蝴蝶沟。她在山坡上跳啊跳的,就是捉不住一只蝴蝶。她在坡上跳跃的样子很好看,我看得出神,捉蝴蝶时不小心被小树枝划破了手指。我抓起一把土,正要给伤口上抹的时候,她跑过来了,大呼小叫地说:"不要,不要,我给你用唾沫抹。"我说那能行吗,她扮了个鬼脸,笑着说,你没听说过啊,男人流血了要用女人的唾沫,那样好得快。

她用双手捧着我的手指,朝伤口吐了几口唾沫,用手指抹匀了说:"看看,不流血了吧。"她眯起小眼凝神看着我,脸颊忽然现出一片红晕,指着不远处正在翩翩飞舞的一只大黑蝴蝶说:"你快去,把它给我捉住啊。"

那只蝴蝶黑得发亮,宛若教堂里的圣女,在灿烂的阳光下欢乐地舞蹈。我脱下衣衫,追着那只蝴蝶,终于把它扑在了衣衫下,取出来送给了秋霞。她捏着蝴蝶的翅膀,让它躺在自己的手心。

秋霞小眼睛的光在我的脸上眨巴了几下,突然脸颊绯红地说:"要是这蝴蝶不飞,永远躺在我的手心,该多好啊。"

我说那还不容易啊,拿起她手心里的蝴蝶,撕掉了它的双翅，重新放回她的手心。

秋霞身子一抖，惊愕地看着我，那神情仿佛我是个魔鬼。她说："你怎么能弄坏了蝴蝶的翅膀呢？它要是不会飞了，活着还有啥意思啊？你怎么是个这样的人，跟杀人犯一样！"

她流出了泪水，捧着断翅的蝴蝶飞快地跑下了山坡。

此后，我很难再见到秋霞的影子。深秋，黄叶飘了下来，她给我留下影影绰绰的背影，以及空落的心灵。寒假的冷风里，几次远远地在街上看见她，她总是躲藏，也许，我在蝴蝶沟撕去那只漂亮的蝴蝶翅膀的举动，深深地伤害了她善良、纯净的心灵。

我高中毕业那年，秋霞出嫁了。婆家很远，在十里地开外一个叫侯家庙的村子。对她的那份情感，那个秘密，我只好深藏于梦。

一只黑蝴蝶，令一个少女对我产生了遥远的距离感，也给我带来了成长的烦恼和忧伤，好在捉虫的生活，被书包里沉甸甸的书本替代了。

感谢你们，也对不起你们：那些远逝的虫子们！

那些被我伤害过的蚂蚁、知了、萤火虫、"黑油油"、黑蝴蝶，你们会原谅一个儿童的无知吗？

向虫子忏悔，在我六十岁的这个年龄，终于姗姗来迟。

虫子，你们听见了我的忏悔吗？看见我的心灵在汩汩淌血了吗？

被我伤害，或者残杀的虫子不知还有多少？如果还有足够的记忆，我会一一记录下来，在我的有生之年，撰写一部我对虫子的《忏悔录》。

这部书对我来说，是一种赎罪——人类和虫子，各自相守着自己的生活天地，互不打扰，相互尊重，这样最好。

这是我预想的这部书的尾声。虫子倘若地下有灵，会不会有欣慰的感觉呢？

旧址

对于旧址的痴迷,已经在我的生命里维持很长的时间了。总是喜欢陈旧的东西,左看看,右瞧瞧,舍不得将目光收拢。对于曾经居住过人的旧址,更是脚步迟疑,心神宁定,溢满神圣的想象。在旧址前将心磨砺,这是何等美好的生命享受。

有段日子,我拼命迫使自己接受一些新的地方,譬如一座看起来还有点特色的建筑,一处挂着"古镇"招牌却完全是新建起来的旅游区。可是很快,我就对它们没有了兴致,我怎么看它们,都缺少了某种内涵。

旧址一般来说是灰旧的暗淡,并不披红挂绿,或者白皙灿亮。它是那种让岁月淘洗的本色,灰暗里潜藏着一种质朴的沉淀。看见它,我就会依稀看见某个旧人的面影,触摸到某段历史的脉搏。

历史,终将化为行行文字、片片废墟、处处旧址。

一座古旧的建筑,就像一个脸上布满皱褶的老人,即使无言,我也会聆听到发自心灵的倾诉。站在它面前,我会凝神寻找旧主人的呼吸,揣摩他们曾经的生活。这是一个静心修炼的过程。一切都如时间的沉淀,除了想象,我不会再有别的感觉。尽管清楚,心理的指针终究会归于现实,但总是有一种离别的愁绪。

在旧址前,将心慢慢沉淀下去,这是最好的游历体验。走马观花,是对一座旧址的亵渎。如果有一壶碧螺春、老龙井,心不急,坐下来慢慢品味,那当然更好。可是这样的机遇,实在难得。总是有人急着将我从旧址前拉开,去看那些新奇的东西。我无法皱眉,无法抗拒,因为我总是不愿扫了别人的兴致。这是我性格的弱点,总是委屈自己。所以,游历一处处旧址,我总是匹马单枪,如一只孤雁踽踽独行。好在,神圣的旧址在眼前徐徐展开,我谛听到了命运的声音,看见了永恒的暗示。我无比谦卑地卧伏于旧址的泥土或者砖瓦之上,向已逝的灵魂默哀致敬。

这是一种崇高的抉择,我的心宇无穷无尽,浩瀚无边,何言寂寞?

父亲的生命体刻满了怀旧的字样。他总是念叨着河南老家的屋。其实他在那座屋只生活了十年,其中的三四年应该是没有多少记忆的。但他总是忘不掉,抱怨祖父将他从老家带到了关中,念念不忘老屋的冬暖夏凉,夏日里光着身子在老井前举起一只木瓢,舀着木桶里的水冲凉,用一根细细的枝条戳破老屋角落的蜘蛛网。老屋,成为他生命中不可或缺的情感记忆。

我又梦见老屋了。父亲的叹息和喜悦,那种安详的表情,成为我生命中最温馨的记忆，也注定了我的人生走向。

1928年，奥地利作家斯蒂芬·茨威格来到俄国拜谒托尔斯泰墓。这是托尔斯泰曾经生活过、写作过的旧址。这块将被后代永远怀着敬畏之情朝拜的尊严圣地，远离尘嚣，孤零零地躺在林荫里。茨威格顺着一条羊肠小路信步走去，穿过林间空地和灌木丛，便到了墓冢前。

这只是一个长方形的土堆而已，无人守护，无人管理，只有几株大树荫庇。通过托尔斯泰外孙女的讲述，他知道了这些高大挺拔、在初秋的风中微微摇动的树木是托尔斯泰亲手栽种的。托尔斯泰年幼时听保姆或村妇讲过一个古老传说，凡是亲手种树的地方会变成幸福的所在，于是便和哥哥在自己庄园的一块地上栽了几株树苗。晚年时，想起这桩儿时往事和关于幸福的奇妙许诺，饱经忧患的老人突然从中获得了一个美好的启示，当即表示将来埋骨于这几株亲手栽种的树木之下。死后，托尔斯泰的愿望实现了，他的墓成为世间最美的坟墓。在茨威格的眼里，它只是树林中的一个小小长方形土丘，上面开满鲜花——没有十字架，没有墓碑，没有墓志铭，连托尔斯泰的名字也没有。

斯蒂芬·茨威格在《世间最美的坟墓》中写道：

"这里，逼人的朴素禁锢住任何一种观赏的闲情，并且不容许你大声说话。风儿在俯临这座无名者之墓的树木之间飒飒响着，和暖的阳光在坟头嬉戏；冬天，白雪温柔地覆盖这片幽暗的土地。无论你在夏天还是冬天经过这儿，你都想象不到，这个小小的、隆起的长方形包容着当代最伟大的人物当中的一个。然而，恰恰是不留姓名，比所有挖空心思置办的大理石和奢华装饰更扣人心弦：今天，在这个特殊的日子里，成百上千到他的安息地来的人中间没有一个有勇气，哪怕仅仅从这幽暗的土丘上摘下一朵花留作纪念。人们重新感到，这个世界上再也没有比这最后留下的、纪念碑式的朴素更打动人心的了。老残军人退休院大理石穹隆底下拿破仑的墓穴，魏玛公侯之墓中歌德的灵寝，西敏司寺里莎士比亚的石棺，看上去都不像树林中的这个只有风儿低吟，甚至全无人语声，庄严肃穆，感人至深的无名墓冢那样能剧烈震撼每一个人内心深藏着的感情。"

这是我阅读到的外国作家中关于旧址最好的文字。一个只有风儿低吟的坟墓，一处庄严肃穆的旧址，令万物和谐，让人心安详。茨威格给我传达着这样一种观念：作为一种精神力量，旧址可以长久地震撼后世者的心灵。

一处旧址，令一个世界级的作家死而复生。这就是它的魅力。

对我来说，拜访任何一处旧址，都可获得一笔珍贵的精神财富。

曾经有过这样的梦想，抵达世界上一切古老的旧址，倾听旧时光的嘀嗒声，可是这太难了，只能成为梦想和遗憾。六年前，在一个百无聊赖的深夜，我在网页上无意间搜索到世界上最古老的十大城市：贝鲁特、大马士革、阿勒颇、苏萨、法尤姆、西顿、普罗夫迪夫、加济安泰普、杰里科、西安。竟然还有我朝夕相处的西安，这令我宽慰。这些城市，有人居住的历史哪个不在数千年？随便抓起一把泥土，都会见证远逝者的汗水和呼吸。那九个城市我是很难抵达了，但是双足伫立于古长安的大地上，依然能够感受到文王、始皇、汉武当年叱咤风云的英姿和气息。生命的进程里，有过无数次逃离这块黄土弥漫的地方，将渺小的身躯融入风景秀丽的苏杭或者海边的念头，但自从六年前的那个深夜之后，我终于放弃了逃离的念头，将一生托付于古长安这处旧址，相伴着那些历史上留下英名的人物的呼吸，我一点也不吃亏。

其实，真正能震撼人心的旧址，并非被称作"城"的地方，而是那些成为遗址的一片片废墟。

我的家乡不远处就是八水绕长安之一的灞河。灞河左岸最高的一级阶地就是公王岭，下部为堆积很厚的古老砾石层，上面堆积着厚约30米的红色砂质黏土，人类头骨化石就埋藏在红色土层的下部。这是考古学家认定的蓝田猿人化石遗址，为人类祖先活动的场所。

我总是在深秋的季节走向这片旧址。深秋的迷雾，为它披上神秘的面纱，伸出手臂，仿佛就可以把远逝者的亡魂揽到怀里。朦胧的雾，拓展开想象的空间，有些穿越时空的感觉。

这是人类最早的发源地吗？这是我们的祖先居住过的地方吗？屁股坐在似红似黄的泥土之上，我总会生出一份愧疚，好像会亵渎了自己的祖先。

2015年8月8日，立秋日，天上铺满流云，铺陈着大漠的风光。我在距离蓝田猿人遗址1300华里的榆林神木县高家堡古镇的石峁遗址徘徊。这座4200年前后的古城，是目前国内发现最大的史前遗址，为龙山晚期到夏早期时期人类生活的场所，是中国考古发现最早的土石结构城防设施实物。它的遗址面积约425万平方米，其规模远远大于年代相近的良渚遗址、陶寺遗址等已知城址。与考古专家交谈，得知城内面积逾400万平方米，目前所开掘的，只是它的外城东门。在我的目光注视下，那些沉睡在地下几千年的石头，在阳光下沉静而安详。一块块青色的石头，宛若一个个沉默着的故人。如果它们会说话，那一定是一个个精彩的故事。但同时，我又感觉到了因为裸露，显现在它们身上的躁动和不安。它们愿意深藏不露，将旧事和秘密存之永恒。

欣赏着刚刚出土的一件件玉器、一幅幅壁画，逗留在石峁遗址的石砌城墙处，不自觉地与中国现存最大的西安城墙对照，思绪在数千年的时光隧道里来回穿越，感觉石峁人筑城的理念也太超前了。长安十三朝古都，从来被认为是中国五千年文明源头之一，而石峁遗址一下子粉碎了这种思维定式。谁能想到，曾经的莽荒之地又出现了一个更大的源头，让你猝不及防。

　　面对着这片旧址，除了震撼，我还在想，文物工作者的任务，是发掘旧址，寻找秘密，而与此对立着的现实是，人类中的一部分正在玩命地拆毁旧址，在上边竖起新的建筑。于是，我看到的是，整片的村庄被毁掉，庙宇、戏楼、祠堂、旧宅被夷为平地。

　　旧址，无疑珍藏着历史，残留着旧人的呼吸。

　　2016年9月中旬，在山西看过碛口古镇，过黄河来到陕北的吴堡，顾不得进县城，急匆匆地上了吴堡石城。如此心急，当然与此行考察古遗址的目的有关。看过无数的古城遗址，唯有吴堡石城是保留了原有风貌的，虽然建筑大部分倒塌，但总体的风格尚在。它的历史并不长，始建于五代时期北汉政权，金正大三年（1226年）设吴堡县治于此，仅有七百余年，但残缺的城垣、民居、店铺依然向我展示着昔日的雄伟和繁华。城内的房屋建筑均为窑洞式的石头结构，保留了明清时期的建筑风格。官道两旁留有三十多间并排的房屋，虽然处处可见断壁残瓦，却依稀可探昔日商贩吆喝、孩童嬉闹的热闹景象。依据地理优势，吴堡古城繁华了千年,繁盛之时城内车水马龙,县署、书院、城隍庙、关帝庙、文昌阁等一应俱全,官道两旁的商铺林立,摊贩云集。它的脚下,是滚滚流淌的黄河,古旧的码头曾向石城的人们运输过生活的物资。在过去的冷兵器时代,吴堡古城依托如此得天独厚的地势,控制着南北官道和黄河水运,成为扼守黄河中游之西滨,秦晋交通的要冲,历来是易守难攻的兵家必争之地。

黄河依在,吴堡成了一座空城。可是我却见到依然在此居住的王象贤夫妇。1929年出生的王象贤,其生命的根就在这儿。与整个古城杂草丛生不同,他们居住的小院干净,院内搭晒着几件衣物,整整齐齐的柴火堆上晾晒着红枣,院内的生活用具摆放得井井有条。为了让历史铭记这座老城,王象贤自费出版了一本《吴堡石城》的宣传画册,并甘心以生命的代价做这座石城的留守者,有关媒体以"千年古石城,两个人一座城"为主题多次进行了报道。王象贤老人深情地说,这里是他生命的全部,他要毕生坚守在此。跟老人闲聊之中,不难听出老人对这座石城深深的眷恋之情以及刻入骨髓的那种情感寄托。

守望在吴堡石城的,除了王象贤夫妇,还有遍及古城内的枣树。我去的时候正值秋天,无人收获的红枣落满院落古道,让荒芜的老城具备了生命的气息。

从山下通往石城遗址正在修路,据说石城遗址即将开发。开发后的石城,还能被称作遗址吗?我困惑的是,总是有人嫌弃旧址,总是有人想毁掉老屋。那些人,在我的道德评判中,自然不可能用善良二字。在他们的心目里,旧址就是一个垂死的老人,没有了任何可利用的价值。唯有它的毁灭,新的生命才会来临。是的,旧址挡住了新址的路,成为新址的绊脚石。

在有良知的人那里,那些力图保住旧址的人——譬如王象贤夫妇,才是善良的,有情有义的,才是有历史责任感的人。

由此,我尊敬他们。

我去过丽江,还有沈从文生活过的凤凰古城,旧的遗迹还在,青石板上残留着故人的足迹,马头墙上爬满了曾经主人的呼吸。这当然属于旧址,我喜欢。但走着走着,我就皱起了眉头。丽江、凤凰古城这样的旧址,为何不被原貌封存起来,而是添加了新的建筑,充满商品的气息。我哀叹,这不是我力所能及的事情。

那年我去凤凰古城,走进了沈从文先生的故居。我来这儿,多半的因素是为了一睹沈先生生活过的地方,这源于我对先生的敬仰。先生是上个世纪人,生于1902年,卒于1988年,和我一起在这个地球上共同呼吸了三十多年,他的故居就还保留完好。我能够做的,只是在中营街十号的沈从文故居里止步。

这是掩藏在一个窄长巷子里的旧宅,火砖封砌的平房建筑。四合院分前后两进,红石铺成的天井,两边是厢房。房屋系穿斗式木结构建筑，采用一斗一眼合子墙封砌。马头墙装饰的鳌头，镂花的门窗，小巧别致，古色古香，整座建筑带着浓郁的湘西明清建筑特色。在先生的书房，我久久驻留。是的，只有湘西的风土人情，才能养育出沈从文的艺术风格，以及他为人的魅力。我的目光，落在土墙上的手稿上，从小楷的字里行间，我嗅出了先生的气息，以及无奈的叹息。先生笔下那个恬淡、幽静的小城，现在堆满了铜钱的臭味，以及市侩的嘴脸。只有这座小院，这面土墙，这方墨迹，恍惚着从前的影子。

同行的朋友拉我走出先生的书房，在拥挤嘈杂、商品林立的大街小巷，我全无游览的心境，以至于，我无法与一片旧址达成心灵的融合。

即使如此，依然感谢和我一样有着怀旧情结的人保存下了像丽江、凤凰、平遥、阆中、徽州这样的古城，虽然已非原貌，但通过想象，总是可以令我回到尘旧的岁月。如果是建筑学家，那就可以获得更多的惊喜。

2015年那次去榆林，拜访了石峁遗址之后，返回途中去了距离米脂县城二十里处的姜氏庄园。这是一座百年以上的老宅，完全是原貌，建筑的主体虽破旧零落，但依然保存着历史的旧影。

石头寨墙高高在上，仿佛守旧的老人。沿一条坡陡的通道而上，就到了庄园大门前。坚固的石拱宅门掩藏在山腰上，以山为岳,以山为屏,丝毫不显炫耀、张扬之意。门匾上刻写着"大岳屏藩"四字,几百年的石门洞大开,恭迎我的进入。穿过寨门,走上斑驳幽暗的条石甬道,依稀感到姜氏祖先们正藏在石头缝儿里窥视。他们是在惊讶:这座藏于山腰之间的旧庄园,你们是怎么发现的?

这座陕北最大的地主庄园,已经成为国家级文保单位。但在它的下院,仍然居住着两户姜氏的后代,门上挂着新式的竹帘,院里的铁丝上搭着衣服被褥,房顶上悬着电视天线,姜氏的后代们用漠视、甚至仇视的眼光打量着我们这些不速之客。一个中年汉子盘腿坐在房顶上,看不清他的神态,但可以猜测到他的心态:这是我们祖宗留下的院落,你们凭什么大摇大摆地闯进来?我明白,他是在用顽强的精神守护着一处旧址,以至于国家有关部门要给他们在别处建造更好的窑洞,他们也不肯搬出。对他们的作为,我在惋惜的同时,也生出一份同情来。这自然是十分矛盾的心理,于情于理,他们的坚守并不过分,但作为一处历史遗址,如此的坚守却影响了旧址的保护,使得文物部门无法对其进行有效的维修,其命运的长久可想而知。

姜氏庄园的建筑不只是一种家居实用,更是一种艺术、一种民俗、一种文化。它的主人以图式、楹联、匾额为依托,借谐音、隐喻、象征等手法,将木头和石头的生命发挥到极致,融入日常生活的每一个细节，使得宅院不仅成为繁衍生息的家园，更是精神传承的栖息地。

总有人喜欢在旧址上倒腾。譬如米脂老城，不时就出现一座外墙镶着白磁片的新屋，为灰旧的老城添加了现代的气息。总有人不喜欢古旧的场景，抹杀掉历史的影像。时光总要默默前行，这是谁也无法阻挡的，但是留下一块地方，存储下历史的影子，让记忆不再成为抽象，那不是绝妙的事情吗？但旧址常常很难存留下来，这就如同人类的坟墓，总会隔几代人就平上一茬。

我有时会十分痛苦地想，人类文明的前行，人类灵魂的复活，绝不单单是兴建起新的建筑物。断代的历史，仿佛断线的风筝，总不会飞向辽阔的深处——那里是人类文明的起源地，人类灵魂的栖息地。

旧址的感觉就是这样，总会让我联想到一些什么事物，不会大脑空空。它也会令我生出一种情感：尊敬、叹息，或者遗憾。

曾几何时，人类忽然对旧址感兴趣起来。这当然不是纯粹的考古学家，而是某种利益的追逐者，像三国时的赤壁之战遗址。真正的三国赤壁究竟在何处？众说纷纭，争论不休。据有关历史、地理资料记载，荆楚大地称作赤壁的有五处：汉阳、汉川、武昌、黄州和蒲圻。遥远的历史烟云，将一场波澜壮阔的战争痕迹化为灰烬，于是就有了对赤壁之战旧址拥有权的争斗，以作为旅游的资源。

我自幼在乡村生活。小的时候,在一些村子见过不少的祠堂。一个祠堂,就是一个家族史,存留的意义无可厚非。山西作家李锐写过一部《旧址》的长篇小说,虚构了一座以产井盐而著称的内陆城市——银城,李氏一家是当地的望族,拥有很大的井盐产业——九思堂。故事从二十年代银城发生的农民暴动写起,写抗战中地下党在银城的活动,写内战中银城将军的溃败,写五十年代镇压反革命运动李氏一族灭门的惨状,一直写到七十年代李家活在银城的最后一个女人和一个男孩的惨死。五十年的风风雨雨,最后留下的是一块"古槐双坊"的旧址,以至后来成为银城旅游的一景。

一个大家族的盛衰兴亡全部凝聚在一处旧址里,至少能挽回一点逝去的时光。一个家族,的确需要能够承载精神的存在物,需要一个浓缩家族史的场所。但是现在,存留下来的祠堂已经不多了,除了自然灾害,就是人为的毁坏。更远的事情我不知道,在我所经历的岁月里,曾目睹那一幕幕丑恶的表演:他们怀着对旧址的切骨仇恨,无情地摧毁大地上的一处处旧址,让人类历史的旧迹在毁灭里呻吟。

旧址也是一种罪过,这是人类丑恶性的一面。可惜那时,我还不懂得悲哀绝望,相反却在兴高采烈中安然入睡——这人性中的丑恶常常折磨着我的心灵。

大抵老一点的村庄,都会有城墙,作用是防盗防抢,抵御入侵。村庄远远够不上"城",却也叫城墙。我很纳闷,但实在找不出更合适的词语来替代。

我出生的秦渡镇,在关中南部,是个老镇子,镇上人喜欢简单,叫它秦镇,这里是周丰宫的旧址。时光像一把铲子,总要将旧址铲去。当我来到世上时,镇子就只剩下南城门,且破旧不堪。南门两边剩下一段老城墙,高大,厚实。据《户县志》记载,秦镇的城墙初建于秦朝,后屡经修建,至清末时高6.6米,宽10.5米。在史学家的审视下,它是历史的一块厚砖,镶嵌在"丰京"这块故地上。在文学家的思维里,它像一头老牛,几百年了,悄无声息地卧在古镇的南头,意净心清,超然若禅。

我常常看见,鸟儿从老城墙的窝里出来,警觉地四望,当确定没有危险时,便一展翅,飞向沣河岸的一棵树。风吼着,雨淋着,翅膀湿了,它也毫不在乎。我常常疑惑,鸟儿为什么如此钟情这残垣断壁?有时也茅塞顿开,想着城墙身上带着的那股古朴的气息,很适合鸟儿怀旧。鸟儿离开城墙时,扑展着的翅膀不经意就抖搂一片黄土下来——是一片,不是一块。城墙像一册发黄的、线装的厚书,墙土的脱落犹如翻开的书页。城墙是一部老书,也许鸟儿能够读懂,所以才在上面筑窝安家。这里的鸟儿有麻雀、斑鸠、燕子,甚至还有灰喜鹊。奇怪的是,马蜂也喜欢把窝建在城墙的高处,那干燥、发皱的墙体,让它们安家不用多少气力,而古老的墙也许有助于护佑它们避开诸多的不测与凶险。是的,马蜂的腹部是带着毒针的,但它们自己却不知道,出于生存的本能,它们同样需要防备危险。

我听不懂鸟儿的语言,也猜不透马蜂的心思,但就是喜欢老城墙。童年的视野里,世界上仿佛只有这面墙的存在,一出门,就奔向它。它用一种隐幽的语言召唤我稚嫩的心灵,让我从它身上得到快乐。那时幼稚的我,觉得自己的一生都不会从老墙身边走失。

我常常看到这样的景象:城墙上扎个方方正正的木楔子,一头老牛背对着老墙卧在墙根,懒洋洋的用尾巴扫着墙上的黄土,残留下一片光滑的墙面。收获的季节过后,附近的人家就将稻草、麦秸和玉米秆堆满墙根,逢到久雨初晴,溢出浓浓呛鼻的霉味。一群鸡娃,被一只母鸡引领着,唧唧叫着,寻找着墙根的虫子或稻米。冬春的暖阳下,女人们围在一起纳鞋底、缝衣、抡起棒槌锤布。汉子们靠着墙,缩着脖子聊天,聊累了时,手插进棉衣的袖筒里,眯着眼瞧墙头的枯草,或是那没有云彩的天空。小娃们在墙根下找蛐蛐,或者手握一副弹弓,瞄着墙头的麻雀,打下一只麻雀,就在墙根下拢起一堆柴火,烧焦麻雀的尸体。墙根下没有风,孩子们就鼓起腮帮吹火。麻雀肉熟了,那是香喷喷的一顿美餐。

暮秋时节,老城墙上的斜草半枯,贴近了墙体的颜色。再往后,北风送来一张张雪花,飘在墙土上,发出细微的沙沙声。暮色一点点酽深,老城墙里的一座土屋里,传出一些音乐声。一把二胡,或一支竹笛,那是五伯的家。听大人说,他的媳妇把他的两个娃儿领走了,再也没有回来。

大人的事我说不清,我只是喜欢听他的二胡声和笛音,像蛐蛐儿和蚂蚱临终时的鸣唱。冬天落雪的日子,五伯夹着二胡来到老城墙下,屁股坐下,低着头,眯着眼,张开大嘴,露出两排黑乎乎的牙齿,边拉边唱,吟诵着心灵的私语。二胡的铮铮之声,是从他深沉的心田里迸发出来的,随着他的血脉通向他的指尖。那股酸凉味儿的声音,宛若晚秋暮色老墙的颜色。他唱的是秦腔《铡美案》中秦香莲的唱腔:"把你比作子/你不养二双亲/把你比作父/你不认二娇生/把你比作禽/你无翅也无翎/把你比作兽/你毛也没一根。"唱完,他手一抖,二胡的弦"吱儿"的一声哑叫。他抖手收弦的动作很好看,至今我也找不出什么适当的句子来表述。只是觉得,那是生命运行中极少让我感到诱惑的一个动作。五伯当然不会感应到我的震撼,他收了二胡,屁股上沾的土也懒得拍打，起身一步一扭地回家，只留下暮雪擦着老城墙，吟出苍凉的歌谣。

在旧址前演奏旧曲，这就是五伯生命里的快乐。五伯晚年时当了队里的饲养员，饲养室的后墙紧挨着老墙。农闲的日子，他牵了那些牛马出来，把缰绳拴在老城墙的木楔子上。之后，他袖着手坐在墙根，陪着牛马晒太阳打盹，一副恬静安然的神态。城墙下往往摆着棋摊，或者有人在玩搭方的游戏。他从不观看，只是在起了争吵声时才打着哈欠睁开眼。不过，他不关心为何争吵，只是端详着他的那些牛马。

大约是前年的中秋节前后，五伯让人给我捎话，说镇上要建农贸市场，要拆南城门，要毁老城墙，叫我回去看看。五伯守着老城墙生活了一辈子，那墙陪伴着他的呼吸，储存着他的生命记忆。用文人的说法，是他的精神寄托，突然要被一阵风吹走了，他想不开，感情上难以接受，是能够理解的。

回去后我吃了一惊，南城门和两边的老城墙已经没影了，晃眼的阳光下，挖掘机正在张开狰狞的牙齿撕扯着老墙的根基，河岸上一片狼藉。不能不承认，受利益的驱使，许多具备文物价值的遗址、遗物都将毫不留情地被毁掉，而且这样的行为还有可能被冠之于时髦的词语和解释。传统文化正在遭受着严峻的挑战，我却无能为力。

老城墙不在了，五伯的老宅裸露在阳光下，让我感到陌生。它也正在开膛破肚，为农贸市场让路。五伯正在拆老屋，放下手中的活，让我拉着他的手在城墙旧址那儿转来转去。

老城墙没了，住了一辈子的老屋保不住了，曾经的生活场景将成为记忆，他一下子失去了精神的寄托和生活的信念，突然间见老了，驼了背，颤颤巍巍地挪着步子，像是被风摇摆的树枝。他眼角的皱褶，宛若行行文字，写下怅惘和迷惑。他的生命，也许只适宜在旧址中度过，幽深而散淡，便是幸福的陪伴。

我想这样安慰五伯：想开些吧，老城墙终究是会消失的。即使现在不被人为毁掉，也会让时光和风雨消磨掉。但话到嘴边，却又止住了，我知道，这样的道理有悖于我的精神操守。让五伯对老城墙、老屋这样的旧址存留一份心痛，是对他情感的尊重。

同五伯一样，逝去的时光里，父亲也总是缅怀着一些旧址旧物。1945年，十岁的他随祖父离乡四处漂泊。但无论到哪里，他都在念叨着老家的房子住着舒坦。越向生命的纵深前进一步，他越是想回老家居住。"一个人，没根没底的，活着有啥意思啊。"他的叹息之声，刺痛了我柔软的心灵。在他六十岁那年，老家人来信说老屋被雨水浇垮了，他就说那地方给我留着，等我回去在原地儿盖新房。

五年前，父亲回河南老家为祖母办完丧事，就领着我寻访一处处旧址。他搜索着记忆：这儿原来是一片坟，那是一片菜地。这里长着一棵皂角树，树上有个老鸦窝。那儿有一个碾盘，上边坐着叼着旱烟袋的七爷……每一个细节，依然那样温馨，让他的记忆闪光。村子里很安静，连鸡鸣狗吠声都没有。年轻人都外出打工了，唯有些老人出门和他打招呼，他就随着那些老人进到人家的屋里，东看看，西瞅瞅，谁家要是还保存着一个纺线车、风箱、铡草用的铡刀、墨水瓶做的煤油灯，他都要认真端详，爱不释手，感慨万千地说："这是我小时见过的东西啊，现在都很难见到了。"比起关中来，老家依然贫穷，不少人家的旧屋檐上，蒿草在还在风里摇晃，许多的院落被枯干的树枝围绕着，许多的墙头已经脱落了泥皮。可是在父亲的眼里，那些蒿草和墙头珍藏着他的情感，忍不住端详半天。他小时曾经住过的老屋，只剩下一片废墟，只残留着墙根，被人一样高的荒草遮盖。他踏倒荒草，几乎是匍匐在泥土之上，抖抖地用手刨出墙根，圆睁着眼睛瞅着那些做墙根的石头，抚摸着它们的裂缝感叹着说："还是老屋好啊，如今的屋子，地面都打了水泥，怎么接通地气啊。"

那个阴冷的下午，父亲在老屋的旧宅处磨磨蹭蹭，就是不肯离身。我知道，他生命情感的全部，都凝聚在这处旧址。

我这一生，也许是受了父亲的影响，总是对旧址怀着无限的眷恋。每遇到一些旧址，就停止了脚步，扯长了目光，静心聆听时光的弹唱，徘徊在那种优雅、凄清的氛围里。我曾无数次探访全真派祖师王重阳的活死人墓，就直线距离来说，它是最接近我的一处旧址。

金世宗大定元年（1161年），四十九岁的王重阳在关中户县南时村自凿一墓，独自穴居两年之久，自命为活死人墓。王重阳掘地穴居，在客观上会给人一种故弄玄虚，以增添神话色彩。不过，他的本意无非是为了创造一种与世隔绝、潜心修炼的特殊环境。南时村后来更名为成道宫，单看村名，就知确有其事。重阳墓址现在只不过是一堆黄土，下方是否真的有穴，守护墓址的道士们缄口不言，当然也不会给我挖掘探访的机会。但就是这个旧址，却让我魂不守舍，总想一睹为快，了却一桩心愿。

还有秦岭终南山下鸠摩罗什大师的讲经之地草堂寺，虽说圭峰之下有座红色的山门，进了这道门，不乏寺院坐像、鸠摩罗什舍利塔以及碑廊，但我想昔日拥有万名弟子的罗什授经之地，绝不会如此狭小，于是便在寺外十里方圆探访草堂寺的旧址。果然，就找到了罗什、寺北、上草、西寺、草堂营这些与一座宏大的寺院相关联的村寨。烟云飞散，旧迹不再，但总有蛛丝马迹存留。譬如在罗什村的罗什寺，我就看到了被空竹围栏着的"净土树"的碑子。传说鸠摩罗什将印度的一根悬铃木带到此处，栽植于土中，地面便生长出净土树一本六株，春华秋实，壳内结实如土，故名净土树。清雍正七年（1729年），县学训导傅龙标有诗云："芒鞋带得一枝春，罗什东来迹有因。无事移根葱岭外，自然挺秀白云津。历来海内无多本，七易原身仍一真。树以土名总是净，禅家妙谛此中寻。"1943年修编的《户县志》云："今考此树唯存四株，一大三小，然树旁萌蘖而生者尚多。"当时拍有照片，刊于志首。听寺内和尚讲，1957年之前，该树尚有干无枝，"文革"前夕便了无踪迹。

站在那座碑的围栏外，那些曾经真实存在的树干树枝树叶宛如我的前世——是的，我对自己的前世怀有信心。由此，我一次次走进罗什寺，让思绪沉浸在古老的时光里，孤寂的守候——其实是满怀希望地等待净土树的出现。这便是肉体的皈依，灵魂的守候，世间的一切，已不再那么重要。处处旧址，都是严肃着面孔，历史的见证者莫不如此。受它们的影响，在每一处旧址前，我都无法高仰起自己的头颅。低头垂首，便可以窥见一幅幅旧影，一个个故事，会领略到生命和死亡，以及神秘的人与命运的交织和轮回。

人就是一棵小草，这是哲人帕斯卡尔说过的。人的命运虽微不足道，可是却创造着历史。如此想着，思绪足可以抵达宽阔的历史深处。

我很难对新生的事物，或者说一座崭新的建筑感兴趣，真的，它们难以让我真正入迷。而对于一处旧址，我总是充满凝定，溢满感情。我生命的时光不会永恒，这是真理。在这并不长久的岁月里，我会毫不厌倦地走向旧址，让历史的痕迹打磨掉余下的时光。

既然很少有人对旧址感兴趣了，就让我做一个彻头彻尾的守望者吧。

隠
居
者

一

我非常满足于目前的生活，身居小城，没有大城市的喧哗和烦扰，人们都在安静地做事，在季节的变化里惬意地生活。在小城的边缘处，我依然可以看到炊烟在农舍的上空飘散。我的身心里，缠绕着浓厚的炊烟情结。有时会无端的发出感慨：看不见炊烟，不知道这日子还怎么过？这也许有点矫情，有点夸张。但我潜意识里一直觉得，炊烟是乡野最具代表性的物。小城靠近秦岭的终南山，一旦空闲，我便在山中居住数日，读书、写作、养心，感受山风和白云，聆听虫鸣和鸟叫。

我固执地以为，文学的原点在乡村，诗意的生活在山里。

但也有例外，譬如说史铁生。在京城的他照样写出了《我与地坛》那样将自然物象与生命情感糅合在一起的杰作。以下一段文字，如果没有隐居者的"心如炼狱"，是无论如何也写不出来的。

"蜂儿如一朵小雾稳稳地停在半空；蚂蚁摇头晃脑捋着触须，猛然间想透了什么，转身疾行而去；瓢虫爬得不耐烦了，累了祈祷一回便支开翅膀，忽悠一下升空了；树干上留着一只蝉蜕，寂寞如一间空屋；露水在草叶上滚动、聚集，压弯了草叶轰然坠地摔开万道金光。"

京城里的隐居者。除了这样的定位，我不知道还有什么更好的词语能够授予史铁生。没有与地坛十五年的相思相守，《我与地坛》就不会打动真正阅读者的心灵。限于身体的原因，史铁生无法如梭罗一样选择在荒僻的树林里隐居，只好在闹市中求得一方安静，被昆虫、树干、露水所打动，被唱歌的小伙、喝酒的老头、捕鸟的汉子所感动，担心"早晨她从北向南穿过这园子去上班，傍晚她从南向北穿过这园子回家"的那个中年女工程师回家后会落入厨房……是的是的，如此的感觉，在四百年的地坛里只有史铁生会拥有。京城东城区安定门外大街的地坛，无疑是史铁生最为理想的隐居地。

一个人，如何在闹市中寻得一处安居心灵的场所，史铁生给出了答案。

庙宇历来是隐居者名正言顺的场所。将真实的姓名隐藏起来，起一个法号，着一身僧衣，吃一碗斋饭，诵一段经文，足可以完成生命的流程，支撑起一生的信念，当然其中不乏神圣的传经者、虔诚的佛教徒，但也不乏人生不如意者，或是厌倦了红尘者来此隐身。不过，随着庙宇的日渐喧闹，隐居者便把目光转移到了更大气场的隐居处所：深山老林。

在汉字的记载里，最早的隐居者当属于商朝末年的姜太公。太公者，字子牙，号飞熊，也称吕尚。他所生活的时代，殷商王朝正步履蹒跚地走向衰亡。殷纣王暴虐无道，荒淫无度，朝政腐败，民不聊生。而西部的周国由于西伯姬昌（后为周文王）倡行仁政，发展经济，实行勤俭立国和裕民政策，社会清明，国势日强，天下民众倾心于周，四边诸侯望风依附。壮心不已的子牙，获悉姬昌为了治国兴邦，正在广求天下贤能之士，便毅然离开商朝，来到渭水之滨的西周领地，栖身于磻溪谷，戴一顶斗篷，穿一双草鞋，举一根钓竿，静等一位圣人的大驾光临。他的隐居，其实是胸怀大治天下的雄心壮志。再说了，他所隐居的磻溪，还不属于深山老林，还没有远离人烟，所以，他才可能遇到西伯姬昌，完成了一生的宏图大志。

姜子牙之后有所成就的隐居者是春秋时期的老子李耳。老子本是楚苦县厉乡曲仁里人，也就是现在的河南省鹿邑县。晚年的老子乘青牛西去，在河南的灵宝北郊函谷关写成了五千言的《道德经》（又称《道德真经》或《老子五千文》）。老子在此点化了函谷关关令尹喜后，一路西行至秦岭终南山下的盩厔（当今的陕西周至县）。盩厔者，以"山曲曰盩，水曲曰厔"而得名，自然是天生的好山好水。老子心想，普天之下没有比这儿更为理想的传经之地了，遂在此驻足，结草为楼，修行说经。老子说经之处，至今被称为楼观台。

老子晚年的隐居只是比姜子牙更隐秘了一些，不过，楼观台仍在秦岭北麓一条沟的出口，仍是有人烟的痕迹。真正隐居于深山老林的应该是秦末汉初的"四皓"了。四位白发皓须的老者是：苏州太湖甪里先生周术、河南商丘东园公唐秉、湖北通城绮里季吴实、浙江宁波夏黄公崔广。"四皓"皆秦博士，只因秦始皇焚书坑儒，无奈躲到终南商山。商山在秦岭的深处，距离出山口数百公里，那才真的是远离人烟之境。四位老人一入山，顿见千山苍苍，泉石青幽，鸟虫唧唧，听不到刀枪鏖鼓的惊鸣，看不见残暴无道的杀戮，见不到争宠斗势的恶棍，觉不到尔虞我诈的寒惨，也没有卖官卖爵的小人，可谓人间净土，于是"岩居穴处""紫芝疗饥"，用琅琅的读书声将幽静的商山打造成一位满腹经纶的文化学者。如果将联想展开，我会看到他们在草屋旁，弯着腰种菜，抱着猫晒太阳，牵着狗儿行走在山路之间，又或者摘下一枝野花佩在布衣胸前，将耳朵贴近泥土草丛，倾听山虫的啼叫，而后手舞足蹈起来去捕捉一只色彩绚丽的蝴蝶。

这只是我的想象。"四皓"在深山隐居的生活细节，应该比我的想象丰富有趣得多。将一颗心溶于山野之人，其情趣会远远超出我有限的想象。在我看来，"四皓"为真正的隐居者，既无姜子牙的雄心壮志，又无老子的说经之累，放纵身心的牵累，只为修身养性，安逸晚年。

二

隐居者，没有强大的精神世界和静谧的心，就无法战胜强大的孤独，并将与世隔绝的生活视为快乐。唯有将草木、岩石、溪水、鸟虫视为恋人，才能维系人生起码的情感需求，完成日复一日、年复一年的精神循环。

打开历史，我还会看到无数留下名声的隐居者：

尧帝时期，尧帝知许由贤德，欲禅让君位于他，许由坚辞不就，洗耳颍水，隐居山林，卒葬箕山之巅。

商周时期，孤竹君的两个儿子伯夷、叔齐不愿继承父业，先后逃到周国。周武王伐纣，二人叩马谏阻。武王灭商后，他们耻食周粟，采薇而食，饿死于首阳山。

春秋时期的范蠡，功成名就之后急流勇退，化名为鸱夷子皮，西出姑苏，泛一叶扁舟于五湖之中，遨游于七十二峰之间。

三国时期，将隐居风范体现得最为淋漓尽致的要数竹林七贤之一的嵇康。他在山泽间采药，得意之时，恍恍惚惚忘了回家。

大将军司马昭欲礼聘他为幕府属官,他跑到河东郡躲避征辟。

到了唐代,则有因受佛教思想影响而遁入空门、隐于天台山寒岩的寒山子,享年一百多岁。

这些隐居者,在历史的长河中为后人构筑起一道道隐居者的风景线。这些只是史册上留下名声的隐居者,仔细想想,那些不留史册,无名无形的真隐,在历史长河中何尝不是真实的存在过,只是人们不知道其名罢了。

白居易并非隐居者。但他深知隐居的妙处,每到一地,或官或贬,他总要寻求幽静无人处小住。三十六岁时,朝廷派他到距长安城不远的盩厔县做县尉,主管治安和钱粮。白居易的心思并不在做官上,一有空闲,就寻找能够隐身的地方。盩厔,正是当年老子说经的地方。白居易去了楼观台,自然不敢冒犯老子的神灵,但内心里却觉得那地儿在山口,不适宜他的隐居,于是将目光移向了黑水的更深处:仙游寺。

料理完事务,白居易便藏匿于仙游寺。寺旁多水,他拿着钓竿沿着溪流边走边钓鱼。那时水面上石桥极多,都是跨了水的。每遇一桥,白居易都会稍作停留,赋诗一首。一日,朋友陈鸿、王质夫等人来看他,白居易就带他们看山看水,那些桥引领着他们的脚步一路走过去,山的景色越走越深,溪水清幽得照见了几个人的影子。白居易就大发感慨,说这山是仙,这水是仙,这桥也是仙的。天会老，地会老，人也会老，唯有这山这水这桥是不老的。走着走着，就回到了仙游寺。他长叹一声，说李隆基和杨贵妃遇难时不知朝南山里走，偏要往北去。要是他们进了终南山，过了这些桥，自然会得到水的佑护。说完，他长叹一声，折下一根树枝，蘸着河水写出了《长恨歌》。

隐居者，自会有常人意想不到的风景。没有仙游寺的隐居，白居易哪儿会想到用树枝写诗。是的，《长恨歌》是白居易用树枝蘸着黑河的水写出来的，所以才能如此优美缠绵，曲折婉转。它是黑河水的精灵，被镌刻在终南山仙游寺的一面墙上，留下千古绝唱。

陶渊明被视为隐居者的典范。"采菊东篱下，悠然见南山"句中的"南山"有人说是庐山，有人说是终南山，有人说是陶潜屋南的小丘，也有人认定并非实指。客观来说，陶潜写这首诗时并未身居终南山，所以他诗里的"南山"并非终南山。终南山在古都长安之南，由此关中的人都将终南山称为南山。欣赏陶渊明的诗，潜意识里虽然明知不是终南山，但我总是习惯性地仰望终南，将一颗心沉浸在它的青山秀水之中。

前些年，我甚至在化羊峪的脚下开了一块菜地，四周围了树枝做的篱笆，自己也打扮得布衣草鞋，腰上系着老农式的腰带，只是想全身心地体验陶渊明的闲居生活。然而，因了我的用心不专，身子总是被这样那样的生活之事牵连，也就体验不出陶潜般的闲适和散淡，只好放弃了那块菜地。

话说回来，我要写作，写作离不了生活，我就无法做一个纯粹的隐居者。写作为了什么，是名利，还是灵魂。对我而言，后者可能更重要。也许，史铁生就是如此，写作和思考成为他生活的方式，支撑他走下去的则是信仰。他的写作，并非是出于无奈，而是将生命捆绑在了写作中。我有时想，如果史铁生健康着，会不会选择到深山隐居的方式来写作呢？

我的答案是否定的。健康的史铁生当然不会放弃写作，他既然洞穿了人生的真相，就不会远离嘈杂万象的生活，不会不聆听无数生命的倾诉。

三

隐居者对于世界的感知，自是有异于常人。隐居得久了，他们也会像大自然一样，沉静得如一块山石、一棵草木。

非常喜欢三联书店2012年9月出版的《醒来的森林》那本书的封面。湖水之上，一棵棵幽静的树木带着禅意，挺身于自然光中……

1873年，《醒来的森林》作者、19世纪及世纪之交最杰出的自然文学作家、美国人约翰·巴勒斯在哈德逊河西岸买了一个农场，在那里度过了一生中的后四十三年。巴勒斯并不是那种常见的身居闹市而心怀乡野的作家，他本身就是一个地道的乡野栖居者。1837年，他出生在纽约州卡茨基尔山区的一个农场。他对自然的热爱和写作，与他从小生长于鸟语花香的自然环境中有关。尽管后来他也离开家乡先后当过教师、专栏作家、演讲经纪人和政府职员，可真正令他倾心如一的事业是：体验自然，书写自然。于是，在三十六岁那年，他辞去了工作，只身到哈德逊河西岸购置了一个果园农场，并在那里亲手修建了一间"河畔小屋"，两年后又在两英里之距的山间建盖了一间"山间石屋"。此后，在人生的最后四十三年，他几乎都是在这两间乡野小屋中度过的。他始终自由自在地"过着农夫与作家的双重生活，用锄头和笔在土地和白纸上书写着他的心愿"。他一生的著作多达二十五部，多以关注鸟类、描述自然和记录乡野生活为主。正因为隐居，他才可能细致地观察各种各样的鸟，在鸟的啼声里徜徉自己生命的旋律。如果，你有兴趣打开这本书，就可以跟随巴勒斯来到著名的美国哈德逊山谷，倾听林中鸟的音乐会；走进弥漫着原始气息的森林，观察不同的鸟类筑巢的乐趣；在巴勒斯自己的小花园中，你会看到"鸠占鹊巢"的一幕……

大自然的奥秘，也许只有隐居者才可以获得。

前几日在网页上浏览到这样一个故事：1971年，美国著名的生活艺术家、著名插画作家、凯迪克大奖获得者、女王终身成就奖获得者塔莎·杜朵在她五十六岁时移居佛蒙特深山里，建造18世纪风格的农庄，开始独居生活，一边画插画一边躬身劳作，直至2008年去世。2011年，美国作家马丁写出了一本《塔莎的花园》，书中叙述了塔莎的隐居生活。塔莎深爱着自己土地上的每一株植物，惊人的罂粟花、近两米高的洋地黄、醉人的芍药……除了花朵和为之提供食物的蔬菜外，她的天堂中还充满了令人着迷的动物——柯基犬、努比亚山羊、猫、鸡、扇尾鸽，以及四十多只外国雀类，鸡尾鹦鹉、金丝雀、夜莺，栖息在她的古董鸟笼中……她习惯使用最古老甚或笨重的农具做活，后者有着裂纹和朴拙的质感。她倾尽耐心和细致培植绝种的石竹、独特的玫瑰、古老的水仙。塔莎说，一座花园要十二年才能成形，何况还要纺线织布、缝制衣饰、制作手工、种植蔬菜，饲养心爱的柯基犬、猫咪、鸽子，绘画以及烹饪。"我很喜欢做家务……主妇可是个伟大的职业，没什么可羞怯的对吧？你当然可以一边熬煮果酱，一边阅读莎士比亚。"塔莎说。她用一草一木、一针一线地创造了自己的魔法王国。

法国冒险家、畅销书作家西尔凡·蒂松2013年5月在英国《卫报》发表了《一位孤独寻觅者的贝加尔湖》一文,讲述了他两年前在贝加尔湖隐居六个月的经历。

蒂松的时间表是这样安排的:上午阅读、写作、抽烟、写诗,朝窗外眺望,下午在冰上钻洞、钓鱼,穿上雪靴在周围奔走、砍柴。他常常去爬高山,带着帐篷去森林露营,有时在零下30摄氏度的气温下在雪中钓鱼。他用一种自语的方式诉说着自己的生命体验:"在小屋里生活的人,很快会进入一种抑郁状态,或者说小屋热病状态。"

他说:"因为你见不到任何人,你可以躺在床上喝伏特加,但没有人会来和你说话。"他庆幸自己带去了大约八十本书,哲学、小说、诗歌、自然书籍。他认为适合林中生活的书是丹尼尔·笛福、格雷·奥尔、阿尔多·李奥帕德的著作。"如果没带书,我很快就会发疯。一本书就是一种让别人和你在一起的方式。"他写道,"在我的一生中,第一次能做到从头到尾不停顿地看完一本书,有时连续看上八小时。"

隐居者最大的情感障碍在于孤独。半年的隐居生活让蒂松意识到,孤独不只是独自一人生活的那种无聊,他认为比无聊更大的痛苦是不能和自己所爱的人一起分享。他如是表白自己的体验:"孤独就是让别人错失了和自己一起享受美妙人生的机会。"为此,我想到了中国历史上的项羽。项羽引兵焚烧了咸阳的秦宫后说:"富贵不归故乡,如衣绣夜行,谁知之者!"在他的意念里,胜利者、成功者首先要炫耀的是,让天下人,特别是故里人分享他的喜悦,他不能一个人沉浸在孤独的胜利和成功中。他最终被刘邦打败,在一定意义上说是不堪忍受孤独的后果。

严格来说,蒂松只是个体验者,不是隐居者。几十公里外,就有人居住,也有客人来拜访他。但他还是在针叶林中找到了快乐,收获了隐居体验者的一本书:《来自森林的慰藉》。毋庸直言,他品尝到了隐居的甜头。

"你知道在世界上,在森林里有一幢小木屋",他说,"到树林中去!在那里有你需要的慰藉在等着你。"

"我敢肯定,今天有许多人想做我做过的事情。"蒂松断言。

四

蒂松所断言的,美国汉学家、佛经翻译家比尔·波特在他的一本书《空谷幽兰》给出了答案。是的,隐居者的田园生活不乏安静而沉潜的承继者。《空谷幽兰》一书中说到有五千多位来自全国各地的修行者隐居在秦岭终南山,与群山为伴,用清风沐浴,和鸟儿对话,体验着千年前的生活。秦岭的山,高大、厚实。在中国的版图上，是最适宜于隐居的地方。

我常常一个人在秦岭里穿越。在秦岭之巅的菜子坪，我曾见到一位隐居者，看不出他的年龄，刀削一般的皱褶刻在脸上，几乎分不清头发和胡须，宛若野人。他的衣服已经分不清是什么颜色了，常年在山石丛林间摸滚打爬，他与秦岭这座厚实的山体已经融为一体。他栖身在宁西林业局遗弃的砍伐工人休息的简易茅棚里。茅棚里有一条炕，一年四季炕洞里没有断过火。他生活的情景是：每天一顿饭，大多是用炕洞里的火烤熟野草野果以及鸟虫吃。清晨，他翻过几座山，用木桶在一处山沟里接从沟缝里淌下的滴水，接满一桶需要两个多小时。这个过程里，他在山上到处采集野草野果，寻找鸟虫，作为一天的食用。他大约许多年没有开口说过话了，因此我和他的交流显得异常困难。在一天多的时间里，我只知道他曾是国民党的一个军医，他来这儿的时候，城里人正在武斗，人们都在跳忠字舞。造反派要押着他游街，他就逃出城来到深山里。

晚上，我要和他一起过夜，他允许了。

他说："你是个好人。"

是的，那个傍晚我已经无处可去了。睡在他的炕上，我才想起他的安全问题。在这样无人烟的地方，野兽是不会少的。他说没见过老虎，见过野猪、黑熊、羚牛，还有狼。刚到这儿，常常有野兽侵犯他的茅屋。开始那会儿他用手电筒照，野兽不知是何等武器，一见光就跑了。后来，电池用完了，他就想了个绝招。每当遇见野兽，他就坐在原地不动，头颅垂下，双手合十，作诵经状，想着死了就死了吧。谁知，野兽看见他的样子却待在原地不动了……

这个老人与野兽间的故事，我非常感兴趣。关于人与动物和谐相处的故事，我已经阅读过许多，我想知道更多的细节，写出动人的故事，谁知他却打开了很响的、节奏感极强的呼噜，不时发出吹口哨一般的声音……那个晚上，我通宵未眠。炕非常热，没有褥子，光着草席，我在炕角坐了一夜。

一天一晚的时间，只是我在问他，他却没有丝毫打探人世间风云变幻的意思。掐指一算，他已经在此隐居了接近半个世纪了。第二天清晨，我惋惜着离开。临走，我动了恻隐之心，掏出两张百元人民币给他，谁知他像是受到什么刺激似的，身子一哆嗦，用手掌将钱打落在地上，将我推出门外。

我终于明白，任何的施舍，对隐居者来说都是一种精神亵渎，是对他们隐居者身份的道德挑战。我垂下头，痛恨自己的行为。

不要企图探究隐居者的精神世界，既然连面孔和身子都不愿为外人接受，更不愿让别人触及他的心灵世界了。藏匿一颗心，也许就是他们隐居的理由。

对于秦岭的每一位隐居者，我都会以极大的兴趣关注着。我见到不少自诩为隐居者的人，从其谈吐衣着我就疑心重重。甘峪沟的一所小学校，距离山的出口处大约四十华里。十年前，沟里的人家都被政府搬到山外了，那所小学的校舍就没有了读书声，于是西安的几位画家就租用了它，修缮翻新了教室和教师的宿舍，地上铺了碎石子，屋里装上了取暖的炉子，大门上书写着龙飞凤舞的三个字：隐居者。

一看见那字，我的感觉就不好，内心里真正渴望隐居的人不应当那样张扬外露。于是一段时间，我的脚步总是默默地走近那所昔日的小学校，我以为他们一年四季会在这儿生活，起码一年里也要生活半年左右，那样才能对得起"隐居者"的身份。哪儿料到他们只是在暑天里躲避城里的炎热，每次一来男男女女一大帮人，身背肩挑吃的喝的，一住下来便唱歌跳舞打牌，日子甚是快活。而暑天一过，他们就消失了踪影。如此的隐居者，我打上了大大的问号。真的隐者，必须直面铁一般的寂冷，必须饿其腹，陋其衣，甚至草为衣食。我斗胆问一句："你们可以吗？"

在甘峪沟，我的感觉得到了验证。以隐居者自诩的画家们，其实是为了避暑取乐。如此看来，隐居这个词，只是满足他们心理需求的一个符号。

寒秋的一日，大门上着锁，我透过门缝向里张望，院落里一人高的荒草开始呈现出落败的迹象,成为野兔和虫鸟们诗意的栖居之地。听到门外有动静,野兔们窜出草丛,睁着眼与我的目光对视,那些目光含着疑问:你是这儿的主人吗?为何许久不来这儿隐居?

草丛里的虫子哪儿理会我的存在,只是肆无忌惮的啼叫,它们悦耳的啼声无法抹去我心头的悲凉,失望的情绪弥漫在无所适从的内心。我甚至想举起石头砸开锁,替代了那些画家们做其中的主人。

退后几步,门额上那三个"隐居者"三个字,宛若被遗弃的孩子,向我伸出求助的双手。我无力拯救他们。这令我十分沮丧。

五

并非只有官场失意者或者文人学者选择隐居,一些平凡之辈也会自愿用生命树起隐居者的丰碑,就像秦岭之巅菜子坪的那位隐居者,就像迈克·达什笔下的卡普·雷科夫一家人。

英国历史学家迈克·达什在他的博客上曾经发表了一篇题为《迷失针叶林》的博文,后来刊登在美国《史密森尼》这本杂志2013年第2期上。文章讲述了卡普·雷科夫一家从1936年开始隐居在与最近的人类聚居点有200公里的西伯利亚森林无人区中。1978年，当四个勘察铁矿石的科学家见到雷科夫时，他光着脚，粗麻布衬衣和裤子补了又补，须发凌乱，好像是从童话里走出来一般。他们居住的小屋低矮、熏黑、破旧，像冰窖，地上铺满土豆皮和松子壳，堆满了桦树皮容器。四十多年来，他们没有吃过盐，一家六口在饥饿的边缘挣扎。每年冬天，他们必须要开一次家庭会议，讨论的问题是吃光所有东西，还是留点儿做种子？

真正隐居者的生活并不是我们想象得那样幸福。通常状况下，我们只看到安逸的一面，而忽视了生活的困顿。远离人烟，最基本的吃穿问题怎样解决？既然此前曾经历过喧闹的生活，那就必须战胜长久的寂寞。这个过程，不是依赖一本书、一个意念那样简单。如此，隐居并非陶潜式的逍遥自在，并非是一种诗意的栖息。与雷科夫一家人隐居生活相关的细节是：1961年6月大雪，园子里种的所有东西都冻死了，只好吃鞋子和树皮。母亲让孩子先吃，于是她饿死了。有一粒黑麦种子在他们豌豆地里发芽了，一家人围上护栏，日夜守护，驱赶老鼠和松鼠。于是，它结了18个麦粒。这粒种子是一个奇迹，拯救了他们。从此他们种上了黑麦……1981年秋，三个孩子几天内去世。两个因为肾衰竭，一个死于肺炎。全家只剩下两个人了，科学家们想让他们走出隐居的生活，但被他们拒绝了。他们在原来的房子边上，重建了小屋,延续着他们隐居的命运。1988年2月,雷科夫去世了,只剩下他的妻子阿加菲娅。科学家们帮她埋葬了雷科夫。科学家离开那儿的时候,阿加菲娅站在河岸送别。她的目光,已经铸为山石一般的坚毅,身子若一座冰冷挺立的山峰。她没有别离的泪水,只是点点头说:"走吧,走吧。"坚守隐居,对她来说早已成为支撑生命的信念。

我很感动这样真实的故事。我有充足的理由相信,信念远比欲望重要很多。我想起曾获诺贝尔文学奖的挪威作家温塞特在他的小说《克里斯汀》里说过的一句话:"如果一个人有足够的信念,那么他就能创造奇迹。"古罗马诗人奥维德的《爱情诗》中也有一句类似的句子:"信念!有信念的人经得起任何风暴。"我仿佛看见,奥维德在写下"信念"两个字后使用感叹号时坚定、执着的面影。

雷科夫一家人所经历的,是真正隐居者的生活。在无比艰苦的环境下,他们是在用生命守望着隐居这个词的庄严和神圣。而现代的隐居者,如果真的让他像卡普·雷科夫一家那样生活,恐怕他早就逃得远远的了。就如法国那个《来自森林的慰藉》的作者西尔凡·蒂松,不过只是为了体验针叶林中的孤寂,那样与世隔绝的生活。

六

　　禅,是隐居者的精神内涵。这是藏匿在隐居者精神里看不见的物。谁要是想"轻轻地""一个转身"就可以捕捉到禅,那就错了。禅是什么,它的博大精深难以一语道破。我喜欢引用学者禅的观点:禅是一个人的内心风景。谁能穿透肉身领略自己内心的风景?谁能聆听到草木、鸟儿内心的声音?

　　真正的隐居者就可以。

　　卡普·雷科夫的文化程度怎样,我不晓得,但从西尔凡·蒂松的文章里我依然感受到主人公远离人世的那种恬静。"花开花谢春不管,水暖水寒鱼自知。"这是一种安详的心态。面对西伯利亚森林中的万物变化,抵达范仲淹所说的"不以物喜,不以己悲"的生命状态,那才是隐居者应该拥有的心态。缺失了这种心态,就难以在深山老林中坚持数十年。一颗安详之心,生命的每一秒钟都会散发出光辉,将深山老林构成他生命的磁场,散播出浸透灵魂的禅气。江河奔流不息,而两岸的人却听不到流水的声音,这样反倒能取得闹中取静的真趣。山峰虽高,却不碍白云的浮动,这景观可使隐居者悟出从有我到无我的玄机。一个人的心念已定,就不会被世俗和物欲所动,就能保持一份静态。孤独可以见出寂趣,高山流云成为生命的伴侣。这便是禅心。

中国古代的文人墨客中，王维的隐居情怀值得一提。王维曾为太乐丞，精通音律，书法上擅长草、隶，绘画才能尤为突出，后人甚至推许他为南宗山水画之祖。王维自幼受佛教的熏陶，有着深厚的佛教信仰。早年对北禅宗虔诚修习，中年之后受南宗禅的影响，过着焚香打坐的禅修生活。他一生四次隐居，一隐嵩山，三隐终南。终南山那个叫辋川庄的一片山林，是他焚香打坐的禅修生活之地。其摆脱尘世之累的宁静心情，欣赏隐含自然生机的空静之美的隐士情怀表露无遗。晚年归隐，他的确已达到"心静如空"的忘我境界。他的《辋川集》二十首把独来独往的生活写得很美："晚年唯好静，万事不关心。自顾无长策，空知返旧林。松风吹解带，山月照弹琴。君问穷通理，渔歌入浦深。"这是《酬张少府》里的句子。在寂静的山林中，与山月松风为伴，自得与闲适方成他生命的意境。从这首诗中，我们能真切感受到一片完全摆脱尘世之累的宁静心情，欣赏到在寂寞时方能体察到的隐含自然生机的空静之美。

菩提一叶，这便是王维隐居终南山的禅意。正是隐居辋川收获了此种禅意，无论是他的诗还是画，皆具备写意传神、形神兼备之妙。他以清新淡远，自然脱俗的风格，创造出一种如苏轼所言的"诗中有画，画中有诗""诗中有禅"的意境。佛家讲坐禅，即静坐澄心，让心体处于寂灭的虚空状态，这能使个人内心的纯意识转化为直觉状态,产生万物一体的感受。以禅入定,将禅的修习体验与感悟引入诗画中,进入到"搜求于象,心入于境;神会于物,因心而得"的意境创造。通过诗境画意来表达禅境,形成了王维诗画的禅趣与空静之美。王维的隐居可以说是禅心的修炼过程,佛禅、道禅、庄禅,成就了他超脱、非凡的艺术成就。

在拜访王维隐居之地的过程中,我总是将心胸放得很开,以为如此就可以吸纳他所遗留下的禅气。但我也许只是一个匆匆过客,没有在此隐居的坚定信念,辋川那块山地全然漠然无视着我的念想。

我又想到了汉时的张良。二十年前,我经宝鸡去汉中,穿越秦岭柴关岭南麓,在316国道途经留坝县境内的紫柏山下了车,瞻仰了张良当年的隐居之地。

青山隐隐水迢迢,白云生处有人家。道家所推崇的自然观和生命观,深深渗透在这片山地。这样的一片绿地,使我仿佛进入触手可及的仙境,顿生身心飘逸的念头。史学家说,没有张良,就没有大汉王朝。汉朝建立后,开国功臣萧何、韩信、彭越等,皆不得善终。"高鸟散,良弓藏,狡兔尽,走狗烹",开国杀功臣,几成定律。张良洞穿了世相,不受三万户齐王的诱惑,辞去丞相之职,"辟谷"于秦岭紫柏山。

这并非凡人的境界。

继续留在朝廷,享受荣华富贵,何乐而不为?而张良偏偏发现了其中的危险,方才隐居起来。如此,不但脱离了险境,还可以继续自己的人生信念,在信念中孕育新的希望。张良的隐居,是一种大智慧,是一种禅心。在紫柏山,他将一个人的风景演绎得绝美绝伦。

伫立在留侯祠张良庙前,我的胸中忽然掠过一缕烟云,超越了世间进入另一种境界。我没有进庙,因为进庙势必会阻碍我的视野。一座庙,它四周的环境氛围会更令我感兴趣。

在留侯祠前仰望,紫柏山也就成了张良的影像。究竟是紫柏山在仰望张良,还是张良在仰望紫柏山,我不知其解。有人会说,紫柏山在高处,留侯祠在低处,怎么会是仰望?我想表述的是,在禅的精神层面,仰望是不受地理环境制约的。

荀子曰:不登高山,不知天之高也。无数的隐居者为一座座山蕴含了丰富的人文色彩,那些隐士们,在高山上历练了精神之后,也就成为人类历史进程中的一座座高山。

在终南山的七十二条沟里,在草木和山石、溪水纠结的地方,我上千次地走过,寻找着禅的灵感。

即使迷路,也不会消失自我。

七

美国思想家、自然文学的先驱爱默生认为:"自然的存在,满足了人类灵魂对美的渴望。在最广泛的最深远的意义上,美是对世界的表达。"对自然之美的发现和执着,也许可以视为隐居者内心世界的表露。不过是一条平淡的小溪或者是丑陋的石头,隐居者却发现了水里隐着的无数棵青草,石头上被水浸出的一道道脉络。隐居者蹲在它们面前,心里就有了异样的想象,有了美的知觉。这想象也许会诱发他们进而弄懂鸟的语言,听出虫的心声。

寻找大自然之美,也许比俗世的人们做皇帝享尽荣华富贵有趣得多。只是,包括我在内的天下芸芸众生,放不下人世的牵累,舍弃不了儿女情长,无法构筑起超越世俗的精神支撑,也就无法成为高山上的隐居者,只能从心底里对他们怀抱崇拜和敬仰。

作为一个以写作为人生支撑的作家,我理解了梭罗为何在瓦尔登湖之畔的树林里隐居。二十八岁那年,他在瓦尔登湖畔建造茅屋自耕自食,寻找异样的月光,捕捉心灵的风景。但若将他与真的隐居者相比,那简直就是小菜一碟。他在瓦尔登湖的林子里只生活了两年零两个月,然后扭屁股走人,重新回到喧嚣的哈佛。但就是这两年零两个月的隐居生涯,却让他写出了一本可以作为范本的世界经典:《瓦尔登湖》。

很长一段时间，那本书是我的床头之物，就寝前不翻看几页就无法入睡。写作的间隙，我有时就缩小在书房的沙发中，想象梭罗和瓦尔登湖。我拥有的书库中零乱地有他的头像，掩卷过后只留下他忧郁的眼神和挺直的鼻梁，至于他灵魂深处的东西，我就闭了眼使劲地猜想。想累了时用右手的拇指和食指摸索着拔一根头发。头皮有点疼，干脆中止了对我的生活毫无意义的想象。

月光下的梭罗在思考，在接近思维之根的地方思考，月地埋藏着他的感觉之根，隐藏着他的情感之根。他孤独地站在林边，望着湖中的月，青苔从树枝上垂下来，经过月光的照耀，在他身上长出苍绿、黝碧的叶子。有时我会走出书房，模仿着梭罗去体验瓦尔登湖的月光。我背着双臂，垂下头颅，先迈出左脚，后迈出右脚，目光注视着月中的景物，思想却扯到世俗以外很遥远的地方。满地的月光，将一个孤独的身影雕刻在大地上。恍惚中，梭罗问我："你发现了月地上的禅了吗？"

从《瓦尔登湖》这本书里，我悟出了写作者隐居的价值和意义，感知到以禅心凝视树林以及湖水时产下的文字。因此，我没有资格指责梭罗在瓦尔登湖待的时间太短。我向来以"终南隐士"的面目出现，可五年前在曲峪沟读书写作也不过28天，况且住的地方距离山民家并不远，有着衣食的保障，享受不到孤独的况味。面对梭罗，面对古往今来的隐居者，我只能以羞愧自责。

何时才能释放一切念想，放弃生活的欲望，甚至写作的梦，追逐一个个隐居者的身影，在隐居者的人物大典里找到自己的位置。我明白，这很难，真的很难。在秦岭之巅的菜子坪与栖身于深山的那位老人的相遇，让我心生畏惧，彻底断绝了隐居深山不为人知的念想。

在当今社会透明度如此清晰的时代，古人所说的"大隐隐于朝"已经难以成为现实，"大隐"者不在朝廷，而在山野。这样，那些终年见不到人烟的隐居者，落得"大隐"的名声，精神层面上自然就有了十分的欣慰。

"独与天地精神往来"，这是庄子的话，窃以为，这是对隐居者最恰当的描述。

图书在版编目（CIP）数据

河流记 / 赵丰著． — 郑州：河南人民出版社，2019.3
（绿水青山生态文学书系）
ISBN 978-7-215-11807-2

Ⅰ．①河… Ⅱ．①赵… Ⅲ．①散文集－中国－当代 Ⅳ．① I267

中国版本图书馆 CIP 数据核字（2019）第 000006 号

河南人民出版社出版发行
（地址：郑州市金水东路 39 号 邮政编码：450002 电话：0371-65788067）
新华书店经销　北京盛通印刷股份有限公司印刷
开本　880 毫米 ×1230 毫米　1/32　印张　9
字数　161 千字
2019 年 3 月第 1 版　2019 年 3 月第 1 次印刷

定价：42.00 元